지우개 좀 빌려줘

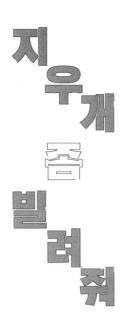

지우개 좀 빌려줘

이필원
소설집

사□계절

차례

~~~~~~~~~~~~~~~

지우개
좀
빌려줘

~~~~~~~~~~~~~~~

"지우개 좀 빌려줄래?"

우성은 말없이 전학생을 바라보았다.

초조한 마음이 파도치듯 너울거리는 건 지각하기 오 분 전이기 때문이다. 이번에 또 지각하면 토끼뜀 백 번이, 아니 그보다 더한 벌이 우성을 기다리고 있었다. 7반 강우성, 내일도 지각하면 한 학기 내내 교무실 청소하는 최초의 고3이 될 줄 알아라, 윽박지르던 학생부 선생의 목소리가 쟁쟁하다.

하지만 지금 우성에겐 그보다 더 큰 문제가 있었다.

우성은 전학생의 긴 머리카락이 바람에 살랑거리는 걸 보며 고개를 갸웃했다. 정말 이상했지만 전학생은 분명히 지우개 좀 빌려 달라고 했다. 여기, 교문 앞에서.

"지우개를…… 빌려 달라고?"

"응."

우성은 아무 말도 하지 못했다.

전학생이 웃으면 주변이 밝아진다는 걸 방금 깨달았다. 햇살이 비쳐 들듯이 눈부신 건 아니고 그저 웃는 게 새하얘서 주위가 맑게 느껴진달까. 아무튼 그런 여자애였다.

입술이 벌어지며 윗니가 드러나는 웃음은 세상에 널렸다. 옆집에 사는 아주머니 또한 그렇게 웃곤 했으며, 텔레비전 광고 속 어느 골든 레트리버조차도 이를 드러내며 환하게 웃는다. 정말 흔한 웃음인데, 조금만 주의를 기울이면 장소 불문하고 발견할 수 있는 웃음인데, 전학생의 웃음은 어딘지 모르게 독특했다.

"왜 그렇게 봐?"

전학생이 소리 내어 웃자 신기하게도 바닷가에 와 있는 듯한 기분이 들었다.

"그냥."

우성은 서둘러 시선을 피했다.

그러니까, 바다 냄새였다. 해조류. 바닷물을 가르는 고래의 지느러미. 화려한 산호초 같은 것들을 떠오르게 하는 냄새가 가만가만 풍긴다. 우성은 전학생에게 너 다시 한번 소리 내어 웃어 보라고 말하고 싶은 걸 참았다.

"강우성, 지우개 좀 빌려줘."

전학생이 재차 말했다.

이 아이가 처음으로 말을 걸었다는 사실이 놀라운 게 아니었다. 지우개를 빌려 달라니. 여긴 교실이 아닌데. 지워야 할 만한 건 찾아볼 수 없는 바깥인데.

담벼락 구석에 보드마카로 적힌 누군가의 이름이나 하트 같은 건 고무로 만든 지우개로 지울 수 없는 흔적이다. 아무리 생각해 봐도 지우개가 필요한 상황이 아니었기 때문에 조금 당황스러웠다.

우성은 지우개를 많이 갖고 있었다. 아파트 입구에 돗자리를 깔고 앉아 팔아도 될 만큼. 누군가 지우개를 빌려 달라고 하면 그냥 너 가져, 하고 인심을 써도 될 만큼. 책상 서랍에만 해도 쓰다 만 지우개가 여럿 굴러다녔다. 포장지를 벗기지 않은 새 지우개까지 합하면 서른 개도 훨씬 넘었다.

특별히 지우개를 모으는 취미가 있는 건 아니다. 이 모든 게 생일마다 학용품 세트를 사 주는 엄마 덕분이다. 아빠를 기억에서 지우고 싶다고 입버릇처럼 말하는 엄마는 우성에게 지우개를 사 주곤 했다. 지우개 따위로는 한때 사랑했던 남자를 지울 수 없을 텐데도 잊을 만하면 지우개를 선물로 줬다.

여러 가지 지우개를 골고루 가진 건 우성의 자랑거리였다. '지우개 왕'이란 별명이 부끄럽지 않을 정도로 여러 나라에서 만든 지우개를 갖고 있었지만, 사실 교실이나 학원에서 잃어버린 것도 굉장히 많았다. 빌려줬다가 돌려받지 못한 지우개, 쉬는 시간에 떨어뜨리고 못 찾은 지우개, 사물함 뒤로 넘어가

버린 지우개 등 너무 많아서 셀 수조차 없다.

그림에도 불구하고 '지우개 왕'이라는 별명을 유지하고 있는 우성의 필통 안에는 현재 미술 입시생들이 많이 쓴다고 알려진 오백 원짜리 지우개가 들어 있다. 지금까지 써 본 지우개 가운데 가장 잘 지워져서 세 개째 사용 중인 지우개. 그렇지만 딱히 아껴 쓴 적은 없는 직사각형의 하얀 고무. 필통 속, 끄트머리가 닳은 지우개를 떠올리고 있는데, 전학생이 너무 빤히 쳐다봐서 얼굴이 달아오르는 느낌이 들었다. 우성은 한 걸음 물러나며 물었다.

"지금?"

전학생이 고개를 끄덕였다.

"지금."

지난주에 레이캬비크에서 전학 온 여자애였다. 빙하와 용암의 나라에서 왔다고 했는데 이름은…… 기억이 안 난다. 뭐였더라. 세상에는 떠올리려고 골몰할수록 생각나지 않는 이름이 있는데 전학생의 이름이 바로 그랬다.

이름에 리을이 들어갔던 것 같다. 니은이 들어갔는지도 모른다. 전학생의 이름을 들었을 때 떠오른 보드라운 느낌만 남아 있는 걸 보면, 낯선 나라의 노랫말 같은 이름이라는 건 확실했다.

처음, 전학생은 1교시 시작 전에 담임과 함께 앞문을 열고 교실로 들어왔다. 전학생은 아버지의 사업 때문에 먼 나라에서 살다 왔다고 자신을 소개했는데, 그 애가 안녕, 하고 인사한 순간 교실에 앉아 있는 서른 명의 급우들은 한꺼번에 가슴이 두근거리는 걸 느꼈을 것이다.

우리는 동시에 전학생이 몰고 온 파도를 탄 거였다. 느낄 수 있었다. 수십 명의 맥박이 일제히 뛰던 순간을. 물보라처럼 동시에 퍼져 나가던 엄청난 호감의 기운을.

우아한 말씨와 누구에게라도 다정히 웃어 줄 것 같은 따뜻한 눈빛은 전학생을 첫날부터 유명하게 만들었다. 짧은 시간에 슈퍼스타가 된 전학생은 쉴 새 없이 쏟아지는 호기심과 질문에도 놀라지 않고 상냥히 웃곤 했다.

우성은 침을 삼키며 전학생의 눈을 똑바로 바라보았다. 엷은 갈색 눈동자는 고운 모래사장을 떠오르게 했다. 뺨에는 모래알 같은 주근깨가 박혀 있으며, 언뜻 푸른 빛깔이 감도는 검은 머리카락은 감을 때마다 린스와 트리트먼트를 빠트리지 않는 게 아닌가 싶을 정도로 윤기가 흘렀다. 머리를 쓰다듬기라도 하면 아마 손바닥에 사탕가루 같은 게 묻어날지도 모른다.

이 반짝이는 여자애가 말을 걸었다는 사실도 물론 놀랍지만, 교문 앞에서 지우개를 빌려 달라고 말한 건 뜻밖이었지만, 아무래도 우성을 가장 놀라게 하는 건 역시 저 환한 웃음이다.

웃는 게 예쁘다. 같이 따라서 웃고 싶을 만큼.

하지만 잘 보이고 싶은 여자애 앞에서 실없이 웃지는 않을 것이다. 가까스로 표정 관리를 한 우성이 망설이다가 물었다.

"뭘 지우려고?"

전학생이 미소를 지었다.

기다려 봐도 가만히 웃기만 해서 결국 우성은 너 왜 말을 안 하냐아, 하면서 조랑말처럼 웃고 말았다.

교실 밖에서 지우개를 빌려 간 전학생은 뭘 지우려는 거냐는 물음에 조금 웃다가 '비밀'이라고 말했다. 끝까지 비밀을 가르쳐 주지 않았다. 운동장을 가로질러 걸어갈 때도, 계단을 올라 교실로 향할 때도 우성이 빌려준 지우개를 손안에서 굴리며 웃기만 했다. 그때 우성은 전학생이 짓는 웃음에는 한 가지 이상의 색깔이 묻어난다는 걸 깨달았다.

창가 아래에서 웃을 때와 복도를 걸어가며 웃을 때 색깔이 달랐다. 연둣빛으로 웃다가도 어느 틈엔가 하늘빛으로 웃었다. 그토록 많은 색깔로 웃는 여자애를 본 적이 없었다. 아마도 발견하지 못한 것이겠으나 어쨌든 지금은 전학생이 유일했다. 전학생의 웃음이 전부 몇 가지 색인지 세다가 졸업할 수는 없으니 정신 차리자고, 강우성 너 이 자식, 이 중요한 시기에 짝사랑의 영역에 들어가선 안 된다고 단단히 다짐했다.

우성은 바로 앞에 앉아 있는 전학생의 뒷모습을 물끄러미 바라보았다. 연필 끄트머리를 깨물며 계속 쳐다봐도 전학생은 돌아보지 않았다. 뒤통수가 따가울 법한데도 먼저 말을 걸지 않아서 우성은 또 한 번 당황했다.

그냥 둘러댄 말이 아니라 정말 비밀인 건가. 그 비밀이란 게 대체 뭔데. 시간이 지날수록 궁금해졌지만, 전학생은 반듯하게 앉아서 칠판을 바라보거나 가끔 짝꿍과 얘기를 하느라 옆모습만 보일 뿐이었다.

"강우성! 무슨 생각 하냐?"

담임이 눈치챌 정도로 넋이 나가 있던 우성은 순식간에 얼굴이 빨개졌다. 수업 시간에 딴생각을 해서 지적받은 건 처음이었다.

드디어 전학생이 돌아보며 키득거렸고, 우성은 뒷머리를 긁적이며 흘끔거렸다. 그 순간 어떤 깨달음이 마음속에서 다시금 보글거리는 걸 막을 수는 없었다.

'……노랗잖아.'

우성은 소리 없이 감탄했다. 이번에는 노랗게 웃었다.

"안녕."

학교를 나서는데 익숙한 목소리가 우성을 불러 세웠다.

"어어, 그래."

아저씨처럼 말해 버렸잖아.

우성은 속으로 비명을 지르며 전학생의 시선을 피했다. 그러자 전학생은 책을 읽는 것처럼 또박또박 말을 걸어왔다.

"집에 같이 갈래?"

"뭐라고?"

우성은 깜짝 놀라 고개를 돌렸다. 집에 같이 가자니. 좋아한다는 고백을 들은 것도 아닌데, 괜히 목덜미가 홧홧해졌다.

"애도 아니고."

말이 퉁명스럽게 나가는 걸 막을 정신은 없었다. 멍청이. 후회하며 전학생을 쳐다보자 기다렸다는 듯이 활짝 웃는다. 저미소.

"내 비밀 말해 줄게."

"……정말이냐?"

"응."

전학생이 속삭였다.

"너한테만."

그건 아주 끌리는 제안이어서 우성은 홀린 듯이 전학생을 따라갔다.

집에 가는 길에 둘은 떡볶이를 사 먹었다. 전학생은 매운 걸 못 먹는지 자주 혀를 내밀며 헥헥거렸고, 그런 애한테 '너 강아지 같다'고 할 수는 없어서 입을 열지 않았다.

다음에 꺼낼 말을 생각하느라 머리가 지끈거릴 지경이었다. 무슨 말을 꺼내야 할까. 대화를 자연스럽게 이어 가려면 도대체 어떻게 해야 하는 거지?

오래 고민한 끝에 우성은 다음번엔 내가 떡볶이만큼 맛있는 것을, 이를테면 치즈 토핑을 추가한 콤비네이션 피자와 버블티를 사 주겠노라고 말했다.

"정말?"

"어."

전학생은 고개를 살짝 숙이며 미소 지었다.

"그럼 우리, 내일도 집에 같이 가는 거지?"

우성은 그게 아니고, 아니 그런 뜻이 아니고, 애가 뭔 소리를 하나아, 하면서 뒤늦게 손사래를 쳤지만 결국 그 말이 그 말임을 인정해야 했다.

"강우성."

그때 전학생이 입가에 떡볶이 양념을 묻힌 채 말했다.

"사실 나는 고래야."

우성은 아무 말도 하지 않고 전학생을 바라보았다. 예상한 반응이었는지 전학생이 어깨를 으쓱했다.

"난 혹등고래야."

"……뭐라고?"

"남태평양에서 왔어. 정말 먼 곳이지."

정적이 이어졌다.

"하와이도 통가도 아이슬란드도 다 우리 집이나 마찬가지야. 매년 들르는 나라거든."

우성은 입가를 문지르며 신중히 말을 골랐다.

"거짓말하지 마라."

"거짓말 아니야."

"그럼 지금 한 말이 진짜라고?"

"진짜야."

전학생이 말했다.

"정말이야."

놀리려는 얼굴이 아니라서 더 혼란스러웠다.

우성은 눈썹을 찌푸렸다. 한숨과 비난이 함께 나올 것만 같아 차라리 입을 다물었다. 저 작은 두 손은 분명 지느러미 아닌 사람의 손이며, 스니커즈를 신은 두 발은 확실히 사람의 발이다. 어딜 봐서 혹등고래야. 머리부터 발끝까지 사람인데.

짜증이 치밀기 시작했다. 우성이 사는 세상은 혹등고래가 사람으로 변하는 그런 세상이 아니었다.

"완전 사람이잖아."

"잠깐 변신한 거야."

"변신? 뭐 마법이라도 부렸단 거냐?"

"비슷해."

마법과 비슷하다니, 혹시 모르는 사이에 거짓말의 동의어로 마법이란 말이 채택되기라도 한 건가. 우성은 침착하게 숨을 골랐다. 전학생한테 다짜고짜 화를 내고 싶지 않았다.

속이려는 거면 속아 넘어가 주지. 단 아주 잠깐만.

"고래가 왜 학교에 다녀?"

"가끔 공부하러 나오는 거야."

하필 고3을 체험하나. 대체 뭐 하러? 머릿속이 의심과 당혹감으로 뒤죽박죽이었다.

거짓말 같은 사실. 농담 같은 진실. 그런 게 있다는 걸 안다. 하지만 전학생이 좀 전에 한 말은 순도 백 퍼센트의 거짓말일 것이다.

"믿기 어려울 거야."

전학생이 빙긋이 웃으며 우성에게 다가왔다.

"강우성."

"뭐, 왜 이래. 좀…… 떨어져."

뒤로 밀려나다가 가로등에 등이 닿았고, 더는 물러날 곳이 없어진 우성은 난처한 얼굴로 전학생을 내려다보았다.

"내가 지우개를 빌려 달라고 한 이유는……."

그리고 해초처럼 푸른 목소리가 차분히 이어졌다.

"강우성. 공부 좀 하고 자는 거야? 고3 맞아?"

방문을 연 엄마가 침대에 누워 있는 우성에게 물었다. 밤 열한 시. 우성은 베개 아래 얼굴을 묻으며 한숨을 내쉬었다.

"고3 맞아."

대충 대답하는 우성을 보며 엄마는 초3 같은데, 중얼거리다 문을 닫았다.

평소 같았으면 내가 무슨 초3이냐고, 이렇게 키 크고 잘생긴 초딩을 봤냐고 한마디 했을 테지만 지금은 그럴 여유가 없었다. 모든 신체 부위에 과부하가 걸린 듯했다. 가슴이 빠른 속도로 쿵쾅거렸고 자꾸만 꿈을 꾸는 것처럼 몽롱했다.

전학생은 이제 집에 가고 없는데 어째선지 계속 옆에 있는 것 같았다. 떠나지 않고 내내 함께 있는 기분이 들었다. 그 애가 한 농담 같은 말이 귓가에 맴돌았다.

'인간들은 친해지고 싶은 사람이 생기면, 지우개를 빌려 달라고 한다고 들었어.'

지우개를 빌려주고 빌리다 보면 우정이 싹트고 잎이 나다가 꽃도 핀다고, 결국 우정으로의 발전은 소소한 데서 출발하는 거라고 들었다며 전학생은 웃었다.

'그래서 너한테 지우개를 빌려 달라고 한 거야.'

그러니까 지우개는 핑계라는 말이었다. 꼭 지우고 싶은 글씨나 그림이 있어야만 지우개를 빌려 쓰는 게 아니고, 일종의 사교를 위한 행위라는 건데 도대체 어떻게 그런 말도 안 되는 말이 바닷속의 고래에게 전해진 건지 알 수 없었다.

사실 여부를 떠나 엄청난 헛소리 아닌가. 지우개를 빌려 달라고 수작을 걸면 친해질 수 있다는, 그런 어이없는 믿음이 어떻게 육지와 바다를 오간 건지 알 수 없었다.

우성은 뒤통수를 벅벅 긁었다. 아니, 그보다 걔는 정말 혹등고래인 건가?

황당했지만 전학생이 한 말 가운데 하나는 과연 사실이었다. 인정할 수밖에 없었다. 지우개를 빌려주고 빌리는 관계가 되자마자 전학생과 가까워졌으니까. 우성의 지우개를 손에 쥔 전학생과, 그 이전의 전학생은 분명히 달랐으니까.

우성은 낮게 신음을 흘렀다. 말을 나누기 전에는 전학생과 이백 미터 정도 떨어져 있었고 지금은 한 백 미터 떨어져 있다. 내일이 지나고 다시 재 본다면 삼십 센티미터나 칠 센티미터일 수도 있겠다. 어쩌면 좀 더 가깝거나.

지금 이 순간에도 우성은 전학생과 빠른 속도로 가까워지고 있었다. 보이지 않아도 알 수 있었다.

좋아하는 사람이 생겼다.

좋아하는 고래가 생겼다.

전학생과는 금방 단짝이 되었다. 우성은 매일 아침 등교하자마자 전학생의 자리로 갔다. 다른 아이들 시선은 조금도 신경 쓰지 않은 채 그 애의 책상을 짚고 서거나, 앞자리에 걸터앉아 전학생의 얼굴을 비딱하게 내려다보았다.

"지우개 좀 빌려줘."

암호 같은 그 말을 내뱉으면, 전학생은 조그맣게 웃으며 이렇게 말했다.

"넌 지우개 많잖아."

"네 지우개 쓰고 싶어."

"뭘 지울 건데?"

우성은 머뭇거리다가 자기 책상 위를 가리켰다. 언젠가 수업 시간에 4B연필로 그려 놓은 자동차가 있었다. 지루함을 견디지 못하고 꾸준히 새긴 낙서가 그것 외에도 책상에 많이

있었다. 전학생은 환하게 웃으며 제 필통에서 지우개를 꺼내 줬다,

다음 날도, 그다음 날에도 우성은 전학생에게 다가가 부탁했다.

"지우개 좀 빌려줘."

"또?"

"집에 놓고 왔어."

"오늘은 뭐 지울 건데?"

"이거."

우성은 얼마 전 윤리 시간에 새로 그려 넣은 호랑이를 손가락으로 짚었다.

"그건 지우기 좀 아까운데."

전학생이 지우개를 내밀며 중얼거렸다. 우성은 금방 마음이 약해져서 이건 지우지 않고 남겨 두겠다고 선언했다. 그러자 전학생이 고개를 끄덕이며 우성의 결정을 반겼다.

"지우지 마."

"그래, 안 지운다."

우성은 전학생의 둥근 눈매를 보며 살며시 웃었다.

이제 전학생의 미소는 형광색이었다. 어김없이 바다 냄새가 나면, 전학생의 입술을 만지고 싶어졌다. 파도가 밀려오는 자리로 무모하게 걸어 나가는 것처럼 저 미소가 엷어지기 전에 확인해 보고 싶은 게 있었지만, 감히 손을 뻗어 그 애의 입술

을 만져 본 적은 없다.

용기가 나지 않았고 무엇보다 물거품이 될 것 같아서였다. 이 여자애가 닿자마자 사라지는 존재일까 봐 겁이 났다. 먼지 쌓인 동화책의 한 장면이 자꾸 떠오르는 걸 막을 수 없었다.

오늘은 더 친해졌군. 불안해지면 우성은 속으로 전학생과의 거리를 가늠해 보았다. 매일 전학생과 남몰래 가까워졌다.

전학생은 다른 아이들과도 스스럼없이 지냈다. 인기 많은 학생의 조건을 갖춘 전학생은 특히 운동을 잘했다. 모든 종목에서 날렵하고 군더더기 없는 플레이를 선보였다. 운동장에서 가장 활기차게 뛰어다니는 아이였고 학교 옥상에서 누군가 전학생이 달리는 모습을 내려다본다면 저 날쌘 아이는 이 나라의 육상 유망주가 아닌가, 하며 놀랄지도 모른다. 높은 곳에서는 전학생의 달리기 솜씨가 훨씬 잘 보일 테니까.

전학생은 피구와 축구, 발야구를 잘했다. 그 아이가 배구공을 들고 있으면 다들 저 공에 인정사정없이 맞아 아웃되는 순간을 그리며 긴장했고, 전학생이 축구공을 차면서 골대 쪽으로 질주하기 시작하면 골키퍼를 맡은 애는 잠시 후 또 한 골 먹히겠구나, 걱정하며 미리 울상을 짓곤 했다. 발야구를 할 때마다 홈런을 날리는 전학생 덕분에 옆 반과의 시합에서 벌써 수차례 이기기도 했다.

전학생과 함께하는 모든 시간이 좋았지만 우성이 제일 좋아하는 시간은 하교 후 공원 벤치에 앉아 있거나 어두운 놀이터에서 같이 그네를 탈 때였다. 놀이터에 단둘뿐이면 더 좋았지만 가끔 눈치 없이 '야, 나 그네 타는 것 좀 봐라' 외치며 늦게까지 노는 중학생들이 있어서 짜증났다. 그래도 전학생이 그 애들을 보며 재밌어하기라도 하면 금방 다 괜찮아졌다.

할 수만 있다면 조금씩 떼어 내 오랫동안 보관하고 싶은 시간이었다. 책장 사이에 조심히 끼워 넣어 말리는 단풍잎처럼 말이다.

"운동 잘하는 비결이 뭐야?"

전학생의 운동 신경에 뭔가 숨겨진 비밀이 있으리라 생각해서 물었더니, 전학생이 별거 아니라는 듯이 활짝 웃고는 그네 아래 떨어져 있는 빈 캔을 집어 들었다.

"우린 언제나 공놀이를 해. 이런 거 갖고 놀아."

"우리?"

"고래들."

"바다에서 그런 걸 갖고 놀아?"

"응."

전학생이 고개를 끄덕였다. 우성은 심란한 얼굴로 전학생 손에 들린 빈 캔을 바라보았다.

"쓰레기를 갖고 논다고?"

"많거든, 바다에."

잠깐 할 말을 고르던 전학생이 "존나 많아"라고 했다.

그러고 나서 전학생은 음료수 캔을 높이 던졌다 잡으며 장난을 쳤는데, 우성은 그걸 보며 허공에 떠 있던 기분이 발치까지 곤두박질치는 걸 경험해야 했다. 엄청 많다는 거지, 쓰레기가. 저 애가 사는 바다에 엄청나게. 기분이 상한 우성은 전학생의 손에서 음료수 캔을 뺏었다.

"갖고 놀지 마. 다쳐."

그렇게 말하자 전학생이 놀란 얼굴로 가슴에 손을 얹었다.

"뭐야."

우성은 덩달아 놀라며 눈을 크게 떴다.

"왜? 갑자기 왜? 어디 아파?"

"아니."

전학생이 이제 막 수면 위로 올라온 고래처럼 긴 숨을 내쉬었다.

"네가 걱정해 주니까 두근거린다."

"허 참."

그게 뭐야, 우성은 괜히 발을 구르며 열심히 그네를 탔다. 열기가 오른 얼굴은 바람에도 좀처럼 식지 않았다.

또 둘은 함께 노래를 듣기도 했다. 5교시가 끝나고 나면 쉬는 시간 동안 이어폰을 하나씩 나눠 끼고 디스코를 들으며 책상 아래로 발을 까닥이곤 했다. 전학생의 오른쪽 귀와 우성의 왼쪽 귀로 똑같은 음악이 흘러 들어가는 시간은, 우성이 두 번째로 아끼는 시간이었다.

두 사람은 어스 윈드 앤드 파이어(Earth, wind & fire)와 시스터 슬레지(Sister sledge)의 노래를 즐겨 들었다.

전학생은 잠자듯이 눈을 감거나 어깨를 흔들며 춤을 추기도 했는데, 그 모습이 귀여워 우성은 늘 눈으로 사진을 찍듯이 바라보았다. 몇 번이나 셔터를 눌렀다. 전학생이 갑자기 의자 위로 올라가 노래를 부른 날도 있었다. 그 아이는, 혹등고래는 정말로 노래를 잘 불렀다.

전학생의 흥얼거리는 소리가 점점 커지면 우성은 절도 있게 박수를 쳤다. 그러다가 흥이 오른 전학생이 지느러미를 흔들듯이 두 팔을 살랑거리며 리듬을 타던 날이 있었는데, 그날 교실에는 야유와 환호 소리가 돌림 노래처럼 차곡차곡 쌓여 교실 밖으로 새어 나갔다.

고래의 노래는 금방 증폭되어 복도에 울렸다. 교실로 들어온 사회·문화 선생이 너희들 정말 고3 맞냐고 타박을 줬지만 그 뒤로도 전학생이 만들어 낸 흥은 한참 동안 교실 안을 떠다녔다. 집에 가는 길에 우성은 자기도 모르게 전학생을 칭찬해 버렸다.

"넌 노래를 제일 잘 부르는 고래야."

머뭇거리다가 존나, 라고 덧붙이자 전학생이 다홍빛으로 웃었다.

"고마워."

그러고는 갑자기 또 다른 노래를 불렀다. 처음 들어 보는 노래였다.

"무슨 노래야?"

"겨울은 봄이 되네."

우성은 고개를 끄덕거렸다. 고래들이 부르는 노래인 것 같았다.

바닷속을 헤엄치며 노래 부르는 전학생을 상상하자 우성은 흉곽이며 성대가 다 간지러웠다. 얘는 어떻게 내 손도 안 닿는 곳을 건드리지. 봄이 되려면 아직 멀었는데 갑자기 봄이 와 버린 것 같았다.

학교생활이 즐거워진 건 오롯이 전학생 덕분이었다. 우성이 다니는 학교에, 우성이 속한 반에 전학생이 있어서 학교에서 보내는 모든 시간이 마냥 좋았다. 영원히 고3으로 살고 싶을 정도였다.

야간 자율 학습을 끝내고 집에 가는 길에 빗방울이 조금씩 떨어졌다. 우성은 가을비가 전학생의 머리카락과 은행나무를 적시는 모습을 바라보았다. 어두운데도 그 애와 더불어 모든 풍경이 선명하게 보였다.

"강우성."

전학생이 불쑥 말했다.

"지우개가 많아도 다 지우지 마."

"뭔 소리야."

"나 지우면 안 돼."

눈동자에도 빗물이 튈 수 있을까. 고개를 끄덕이던 우성은 조금 불안해져서 얼른 대답했다.

"알았어."

엄마가 아빠를 잘 지우지 못하고 있듯이 우성도 전학생을 지우지 못할 거란 걸 알았다. 지우개 하나로 단짝이 되었지만, 지우개 따위로는 지울 수 없는 사이지. 영원히 지우지 않을 것이다. 지우개로 관계를 지우는 게 가능한 세상이 온다고 하더라도 전학생은 거의 마지막에 지울 존재였다.

"안 지울게."

우성은 단호한 얼굴로 말했다.

"너도 나 지우면 안 돼."

"안 지우지. 절대."

전학생이 당연하다는 듯 고개를 저었다. 우성은 가만히 전학생을 지켜보다가 입을 열었다.

"너, 돌아가야 돼?"

목소리가 어쩔 수 없이 떨렸다. 언젠가 떠나겠지, 고래니까 먼바다로, 그렇게 예감만 했는데 그 순간이 정말로 오고야만 것 같아서 덜컥 겁이 났다.

"꼭 가야 되냐?"

"응. 겨울 오기 전에."

"더 있다 가면 안 돼?"

전학생과 함께 보고 싶었다. 계절이 바뀌고, 흰 눈송이나 온

갓 꽃잎이 흩날리는 걸 같이 보고 싶었다.

"멀리 가는 거야?"

"응."

"멀리, 어디로?"

"한참 가야 돼. 네 걸음으론 다녀올 수 없는 곳이야."

"보러 갈게."

그래도 우성은 힘을 주어 말했다. 망설이지 않았다. 반드시 지키고 싶은 약속이었으니까.

"꼭 만나러 갈게. 일주일 넘게 배를 타고서라도."

전학생이 미소 지었다. 색깔 없이 투명하게 웃는다. 우성은 전학생한테 처음으로 지우개를 빌려줬던 날을 떠올렸다.

"계속 너한테 지우개 빌려주고 싶어."

좋아한다는 말이었고 그 말을 알아들은 전학생이 우성의 손을 잡았다.

전학생이 떠나고 나서 거울을 볼 때면 우성은 혼자 피식 웃었다. 어떤 날에는 입꼬리를 두 손가락으로 밀어 올리며 웃기도 했다. 그러나 아무리 웃어 봐도 그 애처럼 여러 가지 색깔이 나오지 않았다.

어디에서든 전학생이 공을 차며 달려가는 모습이 떠올랐다. 그네를 타며 즐거워하던 모습도 자주 생각났다. 이토록 사방에 잔영이 남아 있는데 그 애는 떠나고 없다. 아주 멀리 가 버린 것이다. 우성의 걸음으로는 도저히 갈 수 없는 곳으로.

우성은 여전히 지우개를 많이 갖고 있었다. 아파트 입구에 돗자리를 깔고 앉아 팔아도 될 만큼. 누군가 지우개를 빌려 달라고 하면 그냥 너 가져, 해도 될 만큼 많았지만 지우개의 총량은 날마다 조금씩 줄어들었다.

엄마는 더 이상 우성에게 지우개를 사 주지 않았다. 어느 날 문득 아빠라는 남자를 지워 낸 모양이었다. 지나간 얘기를 꺼내지 않는 걸 보니 결국 해낸 것이다. 엄마가 아빠를 지우개나 수정 테이프 없이 지워 냈듯이, 우성은 언젠가 자신도 모르게 전학생을 지워 버릴까 봐 겁이 났는데 그럴 때마다 한쪽 새끼손가락을 어루만졌다. 약속한 순간이 바래지 않고 생생해지도록 이따금 새끼손을 만지며, 잊지 않을 거라고 틈틈이 다짐했다. 오래 기억해서 마침내 만날 것이라고 자꾸 생각했다.

그러므로 아직도 생생히 떠올릴 수 있었다. 그 눈이 얼마나 큰지를 기억한다. 다갈색 눈동자와 흰 뺨에 골고루 뿌려져 있는 조그만 주근깨들 역시. 만지면 사탕가루가 묻어날 것처럼 윤기 나던 머리칼까지도 우성은 전부 기억하고 있었다.

전학생 없이 겨울과 봄을 지났고 학교 앞을 지나갈 때마다 우성은 긴 숨을 들이마시고 내쉬었다. 누군가 이름을 부르는 것 같은 느낌이 들 때마다 뒤를 돌아보았다.

누구에게도 말하지 않은 비밀이 저만치 서 있을 것 같았다. 그 아이가 웃으며 달려와 지우개 좀 빌려 달라고 할 것만 같아서 우성은 습관처럼 주머니에 챙겨 넣고 다니는 지우개를 꼭 움켜쥐었다. 직사각형의 플라스틱 지우개는 손안에서 금방 따뜻해졌다.

눈을 감으면 깊은 바다에서 고래 한 마리가 천천히 헤엄치며 나아가는 게 느껴졌다. 지우개를 빌려주고 싶은 단 한 마리의 고래가 저 멀리서 부르는 노랫소리가 들리는 것만 같다.

안녕히
오세요

살아남는 데 필요한 건 의심, 약간의 의심이다.

　초대권을 반납하자 모두 의아해했다. 우주를 건너갈 기회를 완전히 날려 버렸다는 소식을 듣고 아빠는 자다가 다리에 쥐가 난 사람처럼 으어헉, 하는 이상한 비명을 지르며 놀랐다. 뭐야 너 도대체 무슨 생각으로 그런 짓을 한 거냐, 하면서 낯선 표정으로 경악하는 친구들도 있었는데 그런 반응과 마주할 때마다 나는 노련하게 웃어 보이기만 했다.

　웃고 싶지 않아도 웃어야 하는 날이 갈수록 많아졌다. 앞으로 더 많은 순간 미소로 난처한 순간을 넘겨야 한다는 걸 깨닫고 나서는 자주 립밤을 발랐다. 촉촉한 입술을 씩 올리며 응, 나는 가지 않아 지구에 남을 거야, 하고 웃어 주곤 했다. 인생의 지혜라기보다는 본능에 가까웠다. 그러면 다들 내게 한마디 더 하려다가도 말았으니까.

다른 교무신료 분러낸 담인은 만 못 한 교민이 있는 문제아를 다루듯이 내 마음을 떠보려고 했었다. 괜찮냐고 무슨 걱정 있는 거냐고 혹시 집에 우환……까지 말했을 때 나는 그만 참지 못하고 화장실 핑계를 대고 교무실을 나와 버렸다. 화장실 앞을 지나가다가 마침 요의를 느끼고 볼일을 봤으니 완전히 거짓말은 아니었다.

그 당시에는 지금처럼 지구가 텅 비지 않았었는데도 나 혼자만 남은 듯한 기분이 들었다. 아무도 나를 이해하지 못한다고 생각했다. 가족마저 막내딸의 선택을 도무지 이해 못 하겠다면서 밥을 먹다가도 자꾸만 다시 생각해 보기를 권했고 그랬기 때문에 태어나 처음으로 광범위하게 외로웠다.

긴 가뭄과 역대급 태풍이 주기적으로 일상을 위협하던 시기였다. 이상 기후 탓에 지표면 바깥에서 다시 유행하기 시작한 고대 바이러스도 누군가에게는 초대권을 갈망하는 이유가 되었다. 기회만 된다면 다른 행성에서 평화로이 살기를 꿈꾸는 분위기가 들끓었지만 나는 내가 태어나 자란 별을 버리듯이 떠나고 싶지 않았다.

성적이 되지 않아 초대 후보 명단에조차 이름을 올리지 못한 오빠는 나를 이해하고 싶지 않다고 말했다. 그 쇠못 같은 말이 귓가에 박히자마자 나는 마음의 가장자리부터 녹이 스는 걸 느끼며 감히 나를 이해하려 들지 말라고, 받아들이려는 시도를 아예 멈추라고, 다시 한번 더 나를 이해하려고 했다가는 오빠 널 가만 안 두겠다고 딱 잘라 말했었다. 그날 이후 오빠는 내게 말을 걸지 않았고 우리는 데면데면한 채 멀어졌다.

너는 정상 궤도에서 벗어나고 있어. 그러니 돌이킬 수 없는 상황이 오기 전에 다시 생각해 보라며 달래는 이들에게 더는 할 말이 없었다.

아니, 할 말이야 아주 많았다. 괜찮아요, 우리는 나아갈 궤도가 다른 모양이니 돌아보지 말고 갈 길 가라며 정색하고 싶었지만 그러기엔 내 안에 장착된 매너가 너무 견고했다. 타고나길 예의 발랐기 때문에 사람들의 도 넘은 참견을 바로 쳐내지 못했다. 우리는 같은 별의 동일한 면적에 붙어 살고 있으면서도 너무 다른 하늘을 보고 있었다.

장거리 우주 비행 같은 건 조금도 하고 싶지 않았다. 지구에 남기로 한 걸 후회하지 않는다. 떠나지 않는 무리 쪽에 선 걸 오히려 자랑스러워할 것이다. 대기권 밖으로 날아가라니. 깊이 잠든 채 떠나는 여정이라지만 나는 싫었다.

그러니까 영원히 지구의 중력에만 묶여 있고 싶었다. 시간이 한 방향으로만 흐르는 이 조그만 행성에서 할머니가 될 때까지, 할 수만 있다면 이 작은 별의 빛이 깜빡거리다가 마침내 꺼져 버리는 순간까지 머물고 싶었던 그 마음이 별종 취급받았던 건 아무래도 너무한 일이다.

드넓고 어두운 우주에는 관심 없었다. 중요한 건 단 하나.

오로지 지금 내가 머물고 있는 지구에서의 시공간이었다.

"학생은 막이야 낭만이 없네."

은하횡단센터 홍보팀 직원은 초대권을 반납하려고 들른 나에게 그렇게 말했다. 반납 절차에 대한 설명을 듣고 서명까지 끝낸 나를 보며 직원이 장난스레 눈을 찡긋했다.

"우리 프로젝트에 대한 학생의 기분과 태도는 살얼음이잖아. 언젠가 녹을 수 있을까?"

"아뇨."

나는 망설이지 않고 고개를 저었다.

"녹지 않을 거예요."

은하횡단센터의 기념품을 이것저것 챙겨 준 그에게 나는 머쓱한 얼굴로 대답했다.

"녹기 어려워요. 얼음이랑은 달라요."

직원의 표정이 어두워졌다.

"왜 그렇게 못 믿는 거야?"

"왜 그렇게까지 믿는 거예요?"

나는 엘리베이터를 기다리며 되물었다.

그들의 기술과 호의를 어째서 그토록 믿는 거냐고. 그들을 신뢰하는 어른들이 너무 순진한 거 아니냐고.

"물론 다 믿지는 않지."

턱을 매만지던 직원이 심드렁히 말했다. 그의 눈빛이 순간 매서워졌다.

"기술은 믿지만 마음을 믿진 않아. 품성이나 인격을 지녔는지 증명되지 않은 존재니까."

하지만 연락이 왔는데 아무런 응답도 하지 않는 건 예의가 아니지 않겠느냐고 직원은 농담처럼 덧붙였다.

"조금은 안심해도 돼. 모든 어른이 대책 없는 건 아니니까."

닫히는 엘리베이터 문 사이로 미소 짓던 직원은, 어쩌면 나와 비슷한 생각을 키워 가고 있었는지도 모른다.

그들의 기술이 지구의 것과는 차원이 다르다는 걸 인정하지만, 그것이 마법에 가까울 정도로 환상적이라는 걸 알지만 믿기 어려웠다. 기술을 만들어 기꺼이 선물한 그들에게 미래를 맡기고 싶지 않았다.

세상은 호락호락하지 않고, 삶의 영역을 지구 밖으로 확장시킨다고 해도 크게 다르지 않을 거라고 생각했다. 행복은 이제 동화에서조차도 드문 일이었으니까. 불행의 영향력은 미지의 세계에서 더욱 강력하게 작용할 테니까.

포장지로 여러 겹 감싼 듯한 그들의 본뜻이 드러난 건 내가 교복을 입지 않아도 되는 나이가 되고 나서였다.

그것은 새해 첫날 지구에 떨어졌다. 정확히 말하자면 경자년 1월 1일이 지나기 전, 밤 아홉 시 무렵 요란하게 하늘을 그었다.

축구공 크기의 유성이 대기권에 진입하자 밤하늘이 밝아졌다. 멀리서 온 유성은 폭발음을 내며 한반도의 남쪽에 떨어졌고, 다 타 버리지 않은 파편이 경기도 수원 일대에서 발견됐다. 유성이 떨어진 농지가 약간 불탔지만 부상자는 없었다. 우주 물체를 회수하는 과정에서 유성의 소유권을 주장하는 남자 때문에 시민 몇 사람이 다쳤으나 다행히 심각한 사고로 이어지진 않았다.

"이건 단순한 운석이 아닙니다."

몇 개월 후 한국지질자원연구원과 과학기술정보통신부 차관이 방재복을 입고 기자회견을 열었다. 방사선 수치는 정상이었지만 극적인 연출과 혹시 모를 사고를 대비하기 위해 하얀 방재복을 차려입은 거였다.

"엑스선 형광 분석기로 측정한 결과…… 운석에는 철과 니켈합금 말고도 특이한 성분이 '적혀' 있었습니다."

사람들은 입장문의 마지막에 주목했다.

"멀리 항해를 떠나려면 배와 지도가 필요하죠. 여기, 이 운석 안에 그것들이 담겨 있습니다."

어른들의 말대로 그건 단순한 돌멩이가 아니었다. 운석의 파편을 모두 수거하여 끊임없이 읽고 이해하려다 보니 그 안에 어떤 기호가 담겨 있는 걸 발견했다. 먼바다를 건너 육지에 닿은 유리병 속의 편지처럼 운석 안에는 어떤 지도가 새겨져 있었다.

"대한민국에, 미래가 도착한 겁니다. 우주라는 바다를 건너갈 획기적인 항해술이요."

깜짝 선물처럼 지구로 떨어진 외계 자원은 먼 데 사는 그들의 비물질적인 지식과 지구의 화폐 단위로 환산할 수 없는 기술이었다. 멸종 위기종의 DNA 샘플뿐만 아니라 사람의 온갖 장기와 줄기세포를 장기간 보관할 수 있으며, 사람마저 활동을 잠시 멈추고 잠들 수 있게 하는 지식. 그러는 동안 조금도 노화되지 않을 수 있는 마법 같은 기술.

중대한 발표를 들으며 사람들은 술렁이기 시작했다.

'쑥'이란 이름이 붙은 운석을 가리키며 책임 연구원이 자신 있게 말했다.

"동면 기술과 우주선 설계도를 함께 준 건 그쪽으로 오라는 거겠죠. 자신들의 별로, 우주를 건너서."

지구가 비좁아진 인류는 환호했다. 거의 모든 산과 바다가 훼손된 별은 회복될 기미가 보이지 않던 참이었으니까.

어쩌면 모든 동식물까지 환호했을지도 모른다. 그들만의 음역대로 조금만 더 참아 보자고 기뻐하며 외쳤을지도 모를 일이다. 사람이 지구를 떠나면, 사람만 지구에서 나가면 이 푸른 행성이 조금 더 쾌적해질 것이므로. 예정되어 있는 지구의 마지막이 좀 더 뒤에 올 테니 말이다.

광막한 우주를 빛의 속도로 건널 수 있는 초대형 우주선 설계도와 긴 시간을 인간의 육체로 버틸 수 있는 기술. 그리고 수천 번의 해독 끝에 태양계와 가까운 행성의 좌표가 담겨 있다는 사실이 밝혀지자 세계 각지는 축제 분위기로 끓어올랐다.

결국 그들이 먼저 손을 내민 것이다. 프로메테우스가 전해 준 불씨처럼, 단군 시대에 곰과 호랑이가 받은 신령스러운 약초처럼. 저편에서 기다리다 지쳐 여정에 필요한 마법 같은 교통편을 마련해 준 거였다.

오랫동안 우주의 침묵에 익숙해져 있던 행성답지 않게 한국은, 더 나아가 세계는 당장 그들의 기술로 태양계를 횡단하는 여행을 계획했다. 구상 단계에만 머물러 있던 인공 동면 사업은 외계의 지식과 연결되자마자 빠르게 성과를 내기 시작했다.

"드디어!"

엄마가 들뜬 얼굴로 즐거워했던 날을 기억한다.

"우주를 건너게 된 거지. 드디어 잠자면서!"

꼭 우주를 건너가야 할까. 불만스러운 마음을 굳이 감추지 않으며 호두타르트를 먹었던 오후가 바로 어제인 것만 같다.

운석을 이루는 미량의 외계 성분만으로도 세포나 혈액이 얼지 않도록 하는 부동액을 대량으로 만들어 낼 수 있었다. 이 물질의 분자가 세포벽을 감싸 혈액이 얼지 않도록 도와줬다. 조그만 결정 하나 생기지 않았고 체온이 한 자릿수로 떨어져도 세포벽은 전혀 찢어지지 않았다. 한 달 이상 잠들었다 깨어나도 호르몬이 제대로 활동했다. 죽지 않고, 끝없이 미래를 살아갈 수 있다는 황홀감이 많은 사람들을 흥분시켰다.

덕분에 고양이의 체세포만 간신히 보관하던 인공 동면 기술은 사람을 냉동시킬 수 있을 만큼 발전했고, 수많은 시행착오를 건너뛰어 바로 보급형에 이르렀다. 많은 이들이 캡슐 안에 들어가 잠들기를 원했다. 저체온 수면 상태로 잠을 자면서 우주를 건너길 바랐다.

우리는 잠을 자면서 우주를 가로지르지. 좋은 꿈을 꾸고 다시 만나. 그런 가사가 담긴 최신가요가 음원 차트에서 오랫동안 1위를 기록하기도 했는데 솔직히 보컬이 녹음할 때 너무 심취한 듯한 느낌이 들어서 별로였다. 좋아하는 아이돌 그룹의 멤버였는데, 우주 관련 싱글 앨범을 내더니 어느 순간 연예계 활동을 접었다고 한다. 그가 부른 노래대로 지구를 떠나 우주를 건너는 여정에 참여했는지 확실히 알려진 사실은 없었다.

그렇게 우주여행이 차근차근 진행되었다. 기획부터 개발 단계까지 완료된 외계의 기술을 바로 활용하면 됐기 때문에 낭비되는 시간은 없었다. 전 세계가 태양계 바깥으로 떠나는 여행을 준비했다.

지구를 떠들썩하게 한 외계 지식과 기술이 실현된 건 그로부터 3년 뒤였다. 다양한 성별과 나이대로 꾸려진 첫 번째 선발대로부터 첫 메시지가 도착했다.

— 잘 도착했습니다.

첫 번째 선발대는 고향 행성으로 드문드문 연락을 해 왔다.

— 아름다운 곳입니다. 우리의 예상대로.

— 어서 오세요, 이곳으로.

— 다들 안녕히 오십시오. 기다리고 있습니다.

그렇게 해서 외계 행성으로의 여행이 본격적으로 시작된 것이다.

모든 지구인이 같은 날 떠날 수는 없어서 빚을 내지 않고도 바로 현찰로 지불할 수 있는 이들이 먼저 초대권을 사들여 우주선에 탑승했다. 학교에서는 교육청의 지침대로 범우주적 장학생을 선발해 기회를 주겠다는 목표로 성적 순위를 매겨 초대권을 지급하고 있었는데, 그 길지 않은 명단에 내가 포함된 거였다.

잠자면서 우주를 건너는 건 굉장한 일이지만 문자 형태로 가정했을 때나 아름다운 여행이라고 생각했다. 그리고 그 생각은 지금도 여전하다.

어떻게 그걸 선물이라고 부를 수 있었을까?

그럴싸한 포장지로 꾸민 재앙을 말이다.

새로운 시대는 낯설고 이상했다.

두 팔 들고 환호하는 사람들로부터 멀찍이 선 나는 앞으로 살아갈 궁리를 했다. 어떻게 살아야 할까. 두려움을 느끼는 감각이 나만 발달한 게 아닐 텐데도 당시의 나는 주변의 많은 관계와 마음으로부터 단절된 처지여서 혼자나 마찬가지였다.

이유 없는 불안은 아니었다. 선물이 선물처럼 느껴지지 않은 이유는 선발대의 짧은 메시지 때문이었다.

"이상하잖아."

나는 뉴스를 보며 중얼거렸다.

"메시지가 다 비슷한데."

누군가 시킨 것처럼 하나같이 찬양뿐이었다. 정말로 아름다운 곳이라 할지라도 낯선 행성으로의 이주만을 권하는 메시지를 보고 있노라면 조금 오싹해졌다.

"감탄 말고는 달리 할 말이 없는 거겠지. 도저히 문자화할 수 없겠지. 너무 아름답거나 훌륭하니까, 직접 와서 보라는 거 아닐까?"

옆에서 아빠가 붕어싸만코를 먹으며 말했지만 나는 그 말에 동의할 수 없었다. 어서 안녕히 오라는 손짓에서, 모두가 기다리고 있다는 환영의 말에서 어떠한 온기도 찾을 수 없었다. 그들이 보낸 문자 위로 얼음이 언 것만 같았다. 다시는 녹지 않을 살얼음이.

첫 번째 선발대는 돌아오지 않았다. 두 번째, 세 번째 그룹 역시 지구로 귀환하지 않았다. 당연한 일이지만 그 당연함이 이상하게 느껴졌다. 그러는 동안에도 저쪽에서는 꾸준히 이쪽으로 건너오라는 메시지만 보내올 뿐이었다.

나는 내 방에 틀어박혀 여러 공식 기록들을 찾아보면서 자주 고민에 빠졌다.

"왜 사람들을 계속 보내지? 아무도 돌아오지 않는데. 돌아올 수 있는 기술이 있는데도 안 오는데."

나는 나와 같은 고민을 중얼거리면서 모여든 사람들을 인터넷에서 발견할 수 있었다. 국적과 직업, 나이가 다양한 그무리의 이름은 퀘스천의 앞자리를 딴 'Q'였다.

우리는 서로의 의심과 무기력을 이해하면서 최악의 경우를 하나하나 가정하며 질문하는 일을 멈추지 않았다. 이미 떠난 이들과 교신하려고 천문대 한 곳을 사들인 재력가도 있었다. 부지런히 의문을 품고 외계 행성에서 보내는 초대의 허점을 찾아내려고 애썼다. 그건 다른 행성에서 새 삶을 계획하려는 사람들이 보기에 터무니없는 시간 낭비였으나, 우리는 위험을 증명하는 일을 계속했다.

그러던 어느 날 'Q' 사이트에 의미심장한 게시글이 하나 올라왔다. 제목은 필독. 내용은 단 세 줄이었지만 공개된 지 한 시간 만에 조회수 7만 건을 넘겼다.

— 국제 데이터 관리 센터에서 근무 중입니다. 130번째 그룹이 보낸 것 중에 누락된 메시지를 공유합니다. "오지 마세요. 안녕히."

그 이후 알 수 없는 버그가 퍼진 바람에 게시글이 삭제되었을 뿐만 아니라 'Q' 사이트 자체가 잠시 폐쇄됐었다. 중간에 공유되지 않은 메시지는 한동안 SNS를 달구다가 서서히 사그라들었고, 사람들은 걱정과 불안을 뒤로한 채 인공 동면 캡슐

안에 들어가 대기권 바깥으로 떠났다.

"정말 안 갈 거니?"

한참 지나서 초대권을 얻어 낸 아빠와 오빠는 기회를 놓치지 않았다. 캐리어를 쥔 아빠가 마지막으로 물었지만 나는 고개를 저었다.

도저히 막내딸을 혼자 두고 떠날 수 없었던 엄마는 조금 나중에 따라가겠다면서 두 사람을 먼저 보냈다. 거리마다 '새 집에서 만나요' 같은 낙서가 새롭게 등장했고, 내가 고등학교를 졸업할 무렵에는 200번째 우주선이 지구를 떠났다. 지구에 남은 사람들을 두고 낙오자라는 말이 붙던 시기였다.

세상에 공짜는 없는 거라고, 뭔가를 얻으면 반드시 잃는 게 있기 마련이라고 생각하던 엄마 역시 불투명한 여행을 염려하기 시작했다.

"정말 이상하네."

머리가 희끗해진 엄마가 중얼거렸다.

"그들이 편도 티켓만 준 게 아닌데, 왜 아무도 안 돌아오지? 아무리 망가졌대도 고향이 그리울 법도 한데."

갈수록 인구가 적어졌다. 단 하루도 조용한 적 없던 신촌과 강남, 수원역과 부산 해운대 일대는 수도원처럼 고요해졌다. 언제나 관광객으로 넘치던 에펠탑 아래와 베네치아 광장, 굴포스 같은 곳도 정적에 휘싸였으며, 공원처럼 한적해진 고

속도로에는 고라니를 포함한 야생 동물들이 산책하듯 거닐곤 했디.

미래를 도모하고 걱정하는 'Q'는 사라졌지만 'Q'의 구성원들 중에는 여전히 세상을 움직일 수 있다고 믿으며 행동하는 이들이 몇 있었다. 오래전에 유출되었던 경고 메시지를 기억하고 있는 누군가는, 0과 1의 공간 대신 거리의 콘크리트 벽과 전봇대, 지하철 역사에 경고 문구를 남기기 시작했다.

멀리 가더라도 지구인은 살 수 없습니다. 그들은 우리를 대접하려고 부른 게 아닙니다. 그런 말들이 뒤늦게 퍼져 나갔다. 지구의 중력장 안에서 천천히 의심하며 나이 든 엄마와 나는 횡단보도에 붉은 페인트로 새겨진 '살고 싶다면 지구에'라는 문구를 피해 걸어다녔다.

의심은 점점 강력해졌고 실체 없던 가정은 점점 테두리와 색상을 띠더니 또렷해져 갔다. 지구의 마지막 세대가 될지 모를 사람들은 홍차나 보이차를 마시거나 피아노를 치면서 조용히 최후를 준비했다.

"여기 계신 분들이 짐작하는 것처럼, 그들이 접근한 이유는 따로 있었습니다."

'Q' 사이트의 운영자라고 고백한 노파가 여의도 공원에서 연설한 날에는 눈이 내렸다. 나는 잿빛 눈을 맞으며 자리를 지켰다. 흩날리는 눈송이 덕분에 주변이 더욱 고요하게 느껴지던 날이었다.

"그들은, 차갑게 잠든 채 건너간 인류를 물론 환영했을 거예요. 죽지 않고 살아서 도착한 인간을 반겼을 겁니다."

노인의 입가에 희미한 미소가 어렸다.

"지구에도 이와 비슷한 사례가 있는 걸 아십니까?"

그가 문득 목소리를 낮췄다.

"우리는 왜 더 일찍 눈치채지 못했을까요?"

공원에 모여든 사람들은 노인의 연설을 잠자코 들었다. 새소리조차 들리지 않았다.

"생물을 산 채로, 죽더라도 훼손되지 않은 상태로 목적지까지 운반하는 일이 지구에도 당연히 있습니다. 태양계 너머까지 가는 여행에 비하면 아주 짧은 경로지만, 그런 이동이 여기에도 있죠."

어느새 미소를 거둔 노인이 말했다.

"광어 같은 활어를 수출하는 데 이미 인공 동면 기술이 쓰인 바 있다는 걸 아실 겁니다."

노인은 관중들이 마음껏 상상하며 공포와 불안을 키울 여지를 주듯 잠깐 침묵했다. 거기 모여 있는 모두가 곁에 선 사람들과 눈길을 교환했다.

"아마도 지구를 떠난 인간들은,"

노인이 드디어 입을 열었다.

"완전히 해동되기도 전에 그들의 식탁에 오를 겁니다. 싱싱하게 잡아먹히는 거죠. 그 증거로, 여기 누군가 고의적으로 누락시킨 듯한 메시지들이 있습니다."

누이일 두 뒤에 석치댄 이느 대형 하며이 박아졌다 그리그 메시지가 떴다.

오지 마세요.

안녕히.

나는 공원에 모여 있는 사람들이 한숨을 내쉬는 걸 들으며 돌아섰다. 그것이 안도하면서 내쉬는 숨인지, 기어코 우주를 건너가서 식재료가 되고 만 사람들을 추모하며 내쉬는 한탄인지 알 수 없었다. 섬뜩한 경고의 말이 어째서 우주를 건너오는 동안 환영하는 말로 바뀌었는지는 누구도 알 수 없었다.

살아남으려면 약간의 의심이 필요하다는 걸 몰랐을 뿐이다. 어쩌면 모르는 사이에 힘껏 무시했을지도 모른다. 극저온 캡슐에 보관되어 우주를 건너간 사람을 깨운 것이 다름 아닌 식인종임을 예상하고 싶지 않았을 것이다. 비상용으로 마련해 간 온갖 무기 역시 소용없다는 것 또한.

저체온 수면 상태로 배달되어서 미지의 생명체의 소화 기관 속으로 그대로 낙하하고 만 인류는 더는 메시지를 보낼 수 없었을 것이다. 운 좋게 살아남은 이들이 지구로 전송했을 경고 메시지는 외계인을 거쳐 수정되거나 누락됐을 테다.

나는 엄마가 기다리고 있는 집으로 서둘러 걸어갔다. 눈발이 거세어졌다. 잿빛 눈이 바람을 따라 사선으로 내리며 도로를 지웠다. 굵게 엉기어 내리던 눈은 금방 진눈깨비로 바뀌어

내리기 시작했다. 나는 조심히 한 걸음 한 걸음 앞으로 나아
갔다.

안녕히 오세요.

환영이나 축복 아닌 저주에 가까운 그 말을 중얼거리다가
고개를 젖혔다. 우주센터에서 발사되었을 여행선들이 먼 하늘
을 수놓고 있었다.

호랑님의
생일날이
되어

호랑이의 생일 파티에 초대받았을 때 고운은 야구장에 가는 길이었다. 토요일 오전, 서울 구로구에 있는 고척구장에 가려고 버스 정류장을 향해 걷는데 누군가 뒤에서 애, 하고 불렀다.

약간 쉰 듯한 낮은 목소리를 놓치지 않고 들었지만 고운은 돌아서지 않았다. 살면서 들어 본 적 없는 낯선 목소리였다. 고운은 저 목소리가 여기 있는 자신을 불렀을 리 없다고 생각하면서 그냥 걸었다.

게다가 '애'라니.

집이나 학교에서 고운은 언제나 야, 아니면 야 안고운, 하고 딱딱하게 불리곤 했다.

"애."

목소리가 이번에는 조금 전보다 가까이서 들렸다. 힐끔 돌아보니가 어떤 여자애와 눈이 마주쳤다.

나비넥타이에 고깔모자라……

어디 파티에라도 가는 길인가?

고운의 또래로 보였지만 전혀 모르는 사람이었고 반짝이는 고깔모자를 쓰고 있었기 때문에 금방 시선을 떼기 어려웠다. 두 눈에는 짓궂은 장난기가 가득 담겨 있었는데 고운은 그 눈을 마주 보면서 괜히 뜨끔했다. 마음속 어딘가를 저 눈이 똑바로 들여다보는 것 같았다.

들킨 걸까?

그럴 리 없다는 걸 알면서도 고운은 이 아이가 자신의 주말 계획을 낱낱이 파악했다는 느낌이 들었다. 밀폐해 둔 마음인데 어째서 다 드러난 것 같지. 고운은 얼른 시선을 피했다.

다른 사람과 착각한 건가 싶어 대꾸하지 않았는데, 그 애가 보폭을 맞춰 걸으며 물었다.

"어디 가?"

이상하게도 지금 육교 아래에는 고운 혼자뿐이었다. 그러므로 여자애가 줄곧 건네고 있는 반말의 수신인은 당연히 고운일 수밖에 없었다. 보도블록 사이로 핀 세잎클로버에게 말을 건 게 아니라면 말이다.

살짝 그늘이 진 영역에 들어섰기 때문에 고깔모자 여자애의 표정이 잘 보이지 않았다. 그랬는데도 고운은 이 수상한 아이가 왠지 모르게 자신을 반가워한다는 걸 느꼈다.

그림자 바깥으로 한 발 나간 고운은 자주색 야구 모자챙을 살짝 들어 올렸다.

"다른 사람이랑 착각한 거 아니에요?"

"나 모르겠어?"

"……응?"

"나야."

너무 당당히 아는 척을 해서 처음에는 정말 아는 사이인가 싶었다.

"정명아파트에 사는 안고운, 맞잖아?"

당혹감 다음으로 고운을 덮친 건 두려움이었다. 얘가 내 이름을 어떻게 알고 있지? 나 사는 데는 또 어떻게 알고 하는 말인가?

고운은 머릿속을 헤집으며 낯선 여자아이와의 관계를 떠올려 봤지만 역시 모르는 사람이었다. 같은 동네에 사는 것 같지도 않다. 엘리베이터나 아파트 현관, 분리수거장 같은 곳에서 단 한 번도 마주친 적 없는 얼굴이었으니까.

여자애는 거기서 말을 그치지 않고 또 한 번 고운을 놀라게 했다.

"어젯밤 자정이 좀 지나서 일기장에 유서를 네 장이나 쓴 안고운."

형태 없는 마음이 저 밑까지 가라앉아 바스러진다. 여자애가 손가락을 하나하나 꼽아 가며 고운에 대한 정보를 폭로하기 시작했다.

"동산고등학교 2학년 24번 안고운. 포장마차 떡볶이를 좋아하는 안고운. 혼자인 게 나쁘지 않다고 생각하지만 혼자여서 외로운 안고운."

여자애가 보조개를 보이며 웃었다.

"안고운. 호랑님의 생일인데 어디 가?"

"뭐?"

"호랑님의 생일날이라고. 오늘은."

아침부터 이상한 사람한테 잡혔구나 싶어 고운은 냉정히 돌아섰다. 이건 '도를 아십니까'보다 더 안 좋잖아. 가슴이 두근거린다. 지금 이 열정적인 심장 박동은 사랑이나 설렘에서 비롯된 두근거림이 아니라 수상한 여자애 때문에 불안해서 날뛰는 맥박이었다.

저렇게 귀여운 애가 내 뒤를 캐고 다닌 걸까? 하지만 무슨 수로?

빠르게 걷는데 어느새 옆으로 따라붙은 여자애가 방긋 웃으며 올려다보았다.

"파티에 초대해 줄게. 내 생일을 축하하러 와 줘."

고운은 초조한 얼굴로 손목시계를 확인했다. 원래 경기 시작 전에 여유 있게 입장하려면 지금쯤 버스를 탔어야 했다.

버스 좌석에 앉아 차창 바깥의 풍경을 바라보고 있거나, 간

58

밤에 못 이룬 잠을 얕게나마 보충하고 있어야 했다. 좌석버스에서 전철로 갈아타야 하는 짧지 않은 여정마다 주말의 교통 체증을 고려해야 했고, 아무리 버스 전용 차로로 간다 해도 경기도에서 서울특별시로 진입하는 길목에는 늘 정체 구간이 존재했기 때문에 마음이 조급해졌다.

무섭다고, 이건 이제껏 학교에서 겪은 공포와는 차원이 다른 무서움이라고 고운은 생각했다. 이 녀석 말대로 혼자인 게 너무 외로워서 환각 상태에라도 빠진 건가.

이 고깔모자 여자애는…… 나에 대해 과연 어디까지 알고 있는 걸까?

"정말 호랑이라면 꼬리를 보여 봐."

고운은 배낭의 어깨끈을 꽉 잡으며 기선 제압하듯 턱을 들었다.

"네가 진짜 호랑이라면, 네 말대로 호랑님이라면 어디 한번 호랑이 꼬리라든가 수염, 귀, 발톱 같은 걸 보여 달라고."

여자애는 잠시 눈만 깜빡였다. 그러고는 재밌는 농담을 들은 것처럼 박장대소했다.

"맞다, 안고운 너는 사람이지."

가면을 쓴 것처럼 순식간에 표정이 바뀌었다.

"너희 인간들은 눈에 보이지 않으면 정말 여기 있는데도 절대 믿지 않지. 두 눈으로 똑똑히 보고도 외면해 버리는 어리석은 동물이지."

그렇게 말한 여자애가 자, 그러면 보여 주마, 하더니 돌아섰다. 그 작은 뒷모습을 바라보며 고운은 눈썹을 찡그렸다. 뒤로 물러서다가 뭔가에 걸려 넘어지고 말았지만 조금도 아프지 않았다. 아픔보다 더한 충격이 고운을 꼼짝 못 하게 만들었다.

주행하는 차량의 소리도, 드문드문 들려오던 자동차 클랙슨 소리도 더는 들리지 않았다. 세상의 모든 소음이 멀어졌고 고운은 가까이서 살랑거리는 도톰하고 긴 꼬리를 보면서 몇 번이나 눈을 비볐다.

"말도 안 돼."

"귀도 보여 줘?"

호랑이는 증명이 부족했다고 생각했는지 두 개의 귀까지 거리낌 없이 보여 줬다. 고양이의 귀보다 커다란 그것을 보자마자 고운은 팔을 허우적거리며 비명을 질렀다.

"뭐야!"

"호랑이다."

"대체 무슨…… 으악!"

서둘러 일어나다가 비틀거리고 말았는데, 호랑이가 얼른 손을 내밀어 부축해 줬다.

"괜찮아?"

고운은 털 하나 없이 미끈미끈한 호랑이의 작은 손을 내려다보다가 천천히 고개를 들었다.

"……정말로, 정말로 호랑이야?"

60

"응. 천명산에 사는 호랑이다."

"천명산?"

고운의 얼굴빛이 흐려졌다.

"거기에 살고 있다고?"

동네 뒷산인 천명산은 해발 고도 190여 미터로 야트막한 높이다. 호랑이처럼 최상위 포식자가 살 정도로 높지 않다. 몇 백 년 전에도 산토끼나 고라니, 너구리 같은 소동물이 간신히 살았을 법한 얕은 산이며, 무엇보다 지금은 21세기다. 호랑이가 멸종된 지 한참 됐는데 호랑이는 무슨 호랑이.

눈앞의 저 호랑이는 어쩌면 괴로움이 빚어낸 환상일지도 모른다. 고운의 오랜 혼란이 불러낸 헛된 환상이며 너무 오래 가슴속에 담아 둬서 실체를 갖게 된 고독일 가능성이 컸다.

"나 귀신을 보는 건가? 갑자기 왜……."

"귀신 아니야."

호랑이가 으르렁거렸다. 조금 억울하다는 표정이었다.

"그런 잡신은 아니라고. 산군이란 말이다."

으르렁거리듯이 입술이 벌어지자 인간의 것이라고 볼 수 없는 날카로운 송곳니가 보였다. 고운은 광대 옆으로 무언가 미끄러지는 미지근한 감각이 느껴져 얼굴을 문질렀다. 태어나 처음으로 식은땀을 흘리고 있었다.

"뭐야."

고운은 애써 웃었다.

"호랑이는 우리나라에서 멸종됐는데요."

얼떨결에 존댓말을 해 버렸다.

"그 후손은 살아 있지."

호랑이가 당연한 거 아니냐는 얼굴로 말했다.

"완전히 사라지지는 않았어. 자손이 남아 있어. 살아남은 거란다."

한반도 호랑이의 후손들은 지금도 곳곳에서 살고 있다고 그 애가 자랑스럽게 말했다. 시대에 맞춰 진화한 그들은 대한민국 각 지역에서 인간의 탈을 쓴 채 지내는데, 그중에는 산에 남아 은둔하며 사는 호랑이들도 있다고 했다. 당연히 거짓말이라고 생각했지만, 기묘한 이야기를 들으면서 고운은 묘하게 설득당했다.

"정말이야?"

"응. 내 오라버니는 이태원에서 살고 있지."

호랑이가 먼 데를 바라보며 어딘가를 손으로 가리켰다. 고운의 눈이 휘둥그레졌다.

"이태원? 그 관광특구에 호랑이가 살고 있다고?"

"응. 거의 매일 파티를 연다던데 아직 가 본 적은 없어."

그때였다. 호랑이가 고운의 남은 한 손을 불쑥 잡았다. 이로써 두 손을 모두 잡힌 고운은 호랑이의 손을, 어쩌면 발인지도 모르는 그것을 뿌리치지 못했다. 아담한 호랑이는 힘이 세도 너무 셌다.

"너도 알다시피 나는 신성하고 용맹한 존재인데."

호랑이가 어깨를 펴며 제안했다.

"너도 날 숭배할래?"

"아니 그건 좀……."

곤란하다고 말하려 했는데 호랑이가 강강술래를 하듯이 고운의 손을 잡고 돌기 시작했다.

"고마워. 날 존경하기로 한 걸 절대 후회하지 않을 거다."

"잠깐, 내가 언제."

"가자. 늦었다!"

호랑이가 고운을 이끌기 시작했다.

당황한 고운은 무게 중심을 뒤로 빼며 걸음 속도를 늦췄다. 그러자 호랑이도 제 엉덩이를 한껏 뒤로 뺐다. 온 힘을 다해 버텨 봤지만 곧 호랑이 쪽으로 속절없이 끌려가고 말았다.

뭐 이런 일이 다 있어. 이토록 강압적인 생일 파티 초대가 대체 어디에 있느냐고. 황당해하는 고운에게 호랑이가 활기차게 말했다.

"탬버린 흔들 사람이 필요해."

"저기, 나 야구 보러 가야 하는데……."

소심하게 중얼거려 봤지만 호랑이는 전진하기만 할 뿐 초대를 거두지 않았다. 호랑이가 걸음을 옮길 때마다 고깔모자의 꼭대기에 붙어 있는 파란 털실이 민들레 씨앗처럼 흔들렸다.

"후회하지 않을 거다."

호랑이가 웃으며 건넨 말을 듣고 나니 이상하게도 고운은 주금 진정이 됐다. 불안하게 뛰던 심장 박동이 어느새 평소의 속도를 되찾아 뛰고 있었다.

교복을 입고 나서 거의 매일 후회하며 살아온 고운에게 후회하지 않을 일을 찾기란 아주 어려웠다. 그런데 후회하지 않을 거라니. 그토록 자신 있게 말하는 호랑이를 보면서 고운은 어쩐지 부러워졌다.

"정말?"

"정말."

호랑이가 확신에 찬 얼굴로 대답했다.

그렇게 해서 호랑이의 생일 파티가 열리는 천명산으로 향하게 됐다. 평정심을 되찾고 나서 제일 먼저 든 생각은 '될 대로 되라'였다.

고운은 호랑이의 조그만 손을 뿌리치는 대신 꼭 잡았다. 호랑이에게서 벗어날 타이밍을 완전히 놓쳐 버리기도 했고 어차피 충동적으로 결정했던 가을 야구 관람은 호랑이를 만난 순간 물 건너간 셈이었다.

어쩌면 누군가 붙잡아 주길, 다른 경로로 이끌어 주길 바랐는지도 모른다. 그 일을 실행하려고 아주 오래 전부터 마음먹고 있었지만 겁이 났고, 야구장으로 도망 아닌 도망을 치려고 했던 고운은 이 공교로운 만남이 그리 나쁘지 않다고 생각했다, 아직까지는.

호랑이와 천명산 등산로에 막 들어섰을 때 고운이 타려 했던 고속버스가 막 정류장을 지나쳤다. 버스는 늘 그랬듯이 다음 정류장으로 빠르게 달려갔다.

산속은 고요하면서도 소란스러웠다. 어떤 기운으로 촘촘히 찬 곳이었다.

고운은 주변을 둘러보며 감탄했다. 새소리가 끊이지 않았고 낮은 산인데도 잡풀이 높게 우거져 있었다. 아파트 베란다에서나, 길을 걷다가 문득 올려다볼 땐 몰랐는데 천명산에는 수령이 오래된 듯한 나무들도 굉장히 많았다. 이 산이 정말 우리 동네 뒷산이 맞나 싶을 만큼 낯선 풍경이 펼쳐졌다.

짙은 풀 내음을 들이마시며 고운은 다른 세상에 온 것 같다고 생각했다. 등산로를 한참 벗어난 호랑이는 수풀이 우거진 쪽으로 고운을 이끌었다. 정신을 차리고 보니 줄곧 사람의 발길이 닿지 않은 쪽으로만 걷고 있다는 걸 깨달았다.

산에서의 시간과 산 아래에서의 시간은 다르게 흐르는 걸까. 한참을 걸었는데도 호랑이가 가고자 하는 곳은 좀처럼 나오지 않았다.

"천명산이 이렇게 높은 산인 줄 몰랐어."

고운의 중얼거림을 들은 호랑이가 돌아보지 않은 채 소리 내어 웃었다.

"모든 산은 저마다 높고 깊은 법이야. 사람 마음만큼."

두려움 따위는 멀어진 지 오래였다. 다만 숨이 가빠져서 고운은 몇 번이나 무릎을 짚고 쉬어야 했다.

"힘드니?"

호랑이가 돌아보며 물었다.

"더워. 우리 어디까지 가는 거야?"

"천명산 정상의 바로 아래까지."

정상으로 가는 길이 아닌 것 같은데. 고운은 미심쩍은 얼굴로 호랑이를 바라보았다. 호랑이가 말하는 정상은 높이만을 말하는 게 아닐지도 몰랐다.

"아직 멀었어?"

"조금만 더 가면 돼."

지금으로서는 호랑이가 이끄는 대로 걷고 또 걷는 수밖에 없었다. 발밑에서 낙엽이 바스락거리며 쓸렸다. 몇 개의 낙엽이 고운의 걸음을 따라 움직였다. 단풍잎과 은행잎으로 울긋불긋한 숲길을 걷던 고운은 돌무더기를 발견했다. 누군가 하나하나 정성스레 올린 건지 제법 높게 쌓여 있었다.

"오래 묵은 소원들이야."

고운의 시선이 향한 데를 보고 호랑이가 설명해 줬다.

"산에 올라 기도하는 사람들이 요즘도 있지."

"아아."

"너도 빌고 싶은 소원이 있지?"

호랑이가 물었지만 고운은 바로 대답하지 않았다.

꼭 이뤄졌으면 하는 것이 고운에게도 물론 있었다. 매일 밤, 간절하게 마음속에서 굴리며 비는 소원이. 바늘이 여러 개 돋아 있는 고무공을 닮아서, 오래 굴리다 보면 속을 다 버리게 하는 소원이.

고운은 그 날카로운 소원을 생각하면서 주먹을 쥐었다. 앞서 걷는 짐승의 귀가 쫑긋거리는 게 보였다.

새들이 지저귀는 소리가 부지런히 침묵을 메웠다. 몸은 고됐지만 답답하던 가슴에 빨대 구멍만큼의 숨길이 생긴 것 같았다. 멀지 않은 나뭇가지에 노랗고 붉은 비단 조각이 걸려 있는 게 눈에 들어왔다. 그 뒤로는 나무 판잣집에 기와를 얹은 사당이 있었다.

천명산에 저런 게 있었나?

한눈에 보기에도 꽤 오래된 듯했는데, 동네의 향토 문화유산 같은 건가 싶어 고운은 눈을 가늘게 뜨고 살폈다.

"다 왔어!"

드디어 호랑이가 돌아보며 외쳤다. 걸터앉을 만한 데를 찾던 고운은 다급히 숨을 들이마셨다. 하마터면 소리를 지를 뻔했다. 발치에 웬 털 뭉치가 서 있었다.

"오셨어욤?"

말끝을 미음 자로 뭉개는 밤색 산토끼 한 마리가 있었다.

"산밤과 도토리를 차려 놓은 지 한참 됐는데도 오시질 않아서 가슴이 조마조마 덜덜했어욤! 호랑님 없는 생일 파티를 치르게 될까 봐 걱정을 이만큼 했지욤!"

토끼가 막 웃 했다. 자신을 호랑이라고 우기는 여자애보다, 토끼의 모습으로 우리말을 하는 쪽이 훨씬 놀라워서 쓰러지기 일보 직전이었지만 아무도 하얗게 질린 고운을 신경 쓰지 않았다.

"어, 토끼! 다들 왔니?"

호랑이가 반갑게 웃자 토끼가 코를 씰룩대며 보고했다.

"청명마을에 사는 여우가 아직 안 왔어욤!"

"그래? 오늘도 퀵보드를 타고 오려나."

"지각하진 않을 거예욤. 여우니까욤!"

고운은 말하는 토끼를 넋 놓고 구경했다. 토끼의 조그맣고 귀여운 앞니에 햇살이 닿아 반짝였다.

"뭐 조금쯤 늦어도 괜찮아."

호랑이가 너그럽게 말했다.

"어차피 파티의 주인공은 나니까!"

토끼는 제 수염을 쓰다듬으며 그럼욤, 호랑님이 주인공이지욤, 하며 분위기를 띄웠다. 그 모습을 신기하게 바라보는데 토끼와 눈이 마주쳤다. 토끼의 구슬 같은 눈을 내려다보며 고운은 침을 삼켰다.

"손님을 데리고 오셨네욤?"

"인사해. 탬버린 담당 안고운이야."

호랑이가 고운의 등을 떠밀며 소개하자 토끼가 활기차게

인사했다.

"안녕하세욤!"

토끼의 인사를 받으며 고운은 어지럽다고 생각했다. 갑자기 활자 속에서나 사는 이상한 나라의 앨리스가 떠올랐고, 그 오래된 주인공의 심정이 전부 이해되었다.

경미한 수준이던 두통을 단번에 위험 수준으로 끌어 올린 건 머리 위에서 들려온 빳빳한 목소리였다.

"고운 님, 안녕하십니까악!"

고운은 까치 한 마리가 날개를 펄럭이며 인사하는 걸 멍하니 올려다보았다.

"두 분이 산을 오르시는 걸 멀리서부터 지켜봤답니다악!"

고운의 눈앞으로 날개깃 하나가 팔랑거리며 떨어졌다. 까치의 부리가 쉴 새 없이 움직이는 걸 보며 고운은 모든 소리가 의식 너머로 밀려났다가 돌아오는 걸 느꼈다. 너무 아찔하다. 야구 모자챙을 잡고 얼굴 쪽으로 부채질하듯이 흔들며 바람을 만드는데 토끼가 걱정하는 눈빛으로 올려다보았다.

"고운 님? 괜찮으세욤?"

"……사람은, 나 혼자만 초대한 거야?"

"응."

어디선가 탬버린을 찾아온 호랑이가 고개를 끄덕였다.

"한 계절에 한 사람씩."

"생일은 일 년에 하루잖아."

"호랑이는 아니야. 네 번 태어난다."

"진짜? 어떻게?"

"호랑이 맘이야."

고운은 간신히 머리를 굴렸다.

성대한 생일 파티에 짐승 아닌 인간을 초대하는 이유는 단하나. 탬버린 때문이라고 했다. 탬버린은 별다른 기술이 필요없는 타악기이다. 방울이 달리지 않은 쪽을 잡고 짤랑짤랑 흔들거나, 손바닥으로 방울 부분을 치는 게 전부인 조그만 악기이므로 특별히 섬세한 손동작이 필요하지 않다.

"자, 받아."

산에서 짐승들이 쓰는 탬버린은 다른 모양이지 않을까 생각하며 탬버린을 건네받았지만, 고운은 그 조그만 타악기에서 이렇다 할 차이점은 찾지 못했다. 평범하고 흔한 탬버린이다. 탬버린을 살짝 흔들자 방울들이 맞부딪치며 익숙한 소리를 냈다.

"그럼 파티를 시작해 볼까!"

호랑이가 만세를 하며 생일 파티의 시작을 알렸다. 하늘을 향해 꼿꼿하게 뻗어 나가는 저 힘찬 기운을 과연 누가 꺾을 수 있을까. 비스듬히 휘게 할 수나 있을까.

"내 선물은?"

호랑이가 불쑥 두 손을 내밀었다. 당황한 토끼가 "아이고, 산군님" 하면서 수염을 바르르 떨었다.

"고운 님은 갑자기 초대받으셨잖아욤. 선물 준비할 틈이 없으셨을 거예욤!"

"아하."

그렇지, 하면서 손으로 제 이마를 친 호랑이가 이번에는 등 뒤를 바라보며 외쳤다.

"이제, 노래를 틀어 줘!"

고운은 긴장한 얼굴로 산세를 둘러보았다. 이건 또 누구에게 한 말인가?

"무슨 노래를 틀구리?"

그때였다. 카세트 라디오를 어깨에 얹은 너구리가 풀숲에서 터벅터벅 걸어 나온 것은.

"신청곡은, 로비 네빌(Robbie Nevil)의 세! 라! 비!(C'est La Vie)."

호랑이가 상기된 얼굴로 주문하자 오케구리, 오케구리, 노래하듯이 말한 너구리가 머리띠처럼 걸치고 있던 선글라스를 내려 쓰며 길쭉한 발톱으로 재생 버튼을 눌렀다. 테이프가 빙글빙글 돌아가면서 노래의 전주가 흘러나왔다. 미국 출신 싱어송라이터의 오래되었지만 조금도 낡지 않은 경쾌한 팝송이.

토끼가 먼저 리듬을 타기 시작했다. 언제 어디서 나타났는지 모를 붉은 여우는 우아하게 바이올린을 켰다. 머리 위에서 까치가 숫자 팔을 그리며 날아다니는 동안 호랑이는 국민체조 동작 중 하나인 노젓기를 연상케 하는 춤을 췄다.

"안고운, 뭐 해?"

호랑이가 가만히 서 있는 고운에게 한마디 했다.

"탬버린을 흔들어."

세 라 비. 세 라 비.

너구리가 선곡한 노래 속에서 코러스 가수들이 노래를 부르기 시작했다.

고민하던 고운은 탬버린을 느리게 흔들어 봤다. 짤랑짤랑, 조그만 타악기가 만들어 내는 가볍고 밝은 소리가 천명산에 울려 퍼진다. 산 주인의 생일 파티치고는 모든 게 엉망이었지만 웬일인지 슬슬 즐거운 기운이 차오르고 있었다.

춤이라고 할 수 없는 가뿐한 동작이 호랑이에게서 고운에게, 고운으로부터 토끼에게, 그리고 여우와 까치에게로 이어졌다.

"모두 저를 보구리!"

고운의 앞으로 바짝 다가온 너구리가 질 수 없다는 듯이 다이아몬드 스텝을 밟았고 고운은 너구리의 현란한 발재간을 보며 웃고 말았다.

세 라 비. 세 라 비.

해석할 수 없는 가사와 흥겨운 멜로디가 파티 분위기를 높이높이 띄웠다.

한바탕 춤을 추고 나서 고운은 호랑이와 폭신하게 쌓인 낙엽 위에 나란히 누워 구름이 움직이는 걸 올려다보았다.

"인간들이랑 친해?"

"응?"

고운의 질문에 호랑이가 감았던 눈을 번쩍 떴다.

"너 참 밝아 보여서."

누구와도 잘 지낼 것 같다는 말을 듣고 호랑이가 옆으로 돌아누웠다.

"내가?"

"응. 호랑이들은 원래 다 그런가?"

"보다시피 지혜와 용기가 뛰어나고 아름다워서 일찍이 따르는 사람들이 많긴 했지."

호랑이가 자랑스럽게 말했다.

"내 기개를 좋아하는 거야. 꿋꿋한 마음을 좋아하는 거야. 하지만 거리를 두고 있지. 인간은 너무 가까이하면 해롭거든."

어떤 관계든 일정한 거리를 유지하는 게 필요했다. 호랑이도 알고 있는 진리를 곱씹으며 고운은 거리 두는 일에 실패한 날들을 떠올렸다.

시간을 되돌릴 수 있다면 그때로 돌아가고 싶었다. 너무 가까워진 느낌이 들면 얼른 뒤로 물러나서 "잠깐 스톱" 하며 안전한 거리를 유지하고 싶다. 그렇게 함으로써 모든 타격으로부터 안전해질 수 있을 것이다. 지금처럼 외로운 날은 없을 테고.

"그래서, 아까 어디 가는 길이었다고?"

호랑이가 넌지시 물었다.

고운은 머리 뒤로 두 손을 포개며 바로 누웠다.

"야구장."

"왜?"

"응?"

"왜?"

호랑이는 야구를 보지 않는 게 분명하다.

"좋아하는 팀이 경기하는 날이니까."

"센 팀이야?"

"센 팀이지. 키움 히어로즈. 멋진 선수들이 많아."

"누가 제일 멋있어?"

고운은 어떤 선수를 가장 좋아하냐는 질문을 받는 걸 좋아했다. 언제든 그 질문을 듣자마자 바로 대답할 준비가 돼 있었다. 세상에서 가장 답하기 쉬운 질문이었다.

"바람의 손자, 이정후. 제일 멋있어. 야구도 제일 잘해."

"바람한테 인간 손자가 있었어?"

호랑이가 놀라는 걸 보며 고운은 웃음을 터뜨리고 말했다. 한번 터진 웃음은 걷잡을 수 없이 커졌고 고운은 눈물까지 흘리며 웃어 버렸다. 어쩌면 웃을 일이 필요했는지도 모른다고 생각하면서.

고운은 눈가를 문지르며 중얼거렸다.

"산에서 살면 재미있으려나."

호랑이가 손에 잡히는 은행잎을 몇 개 집어 머리 옆으로 뿌렸다. 이미 떨어진 적 있는 낙엽이 한 번 더 낙하했다.

"글쎄. 아마 재미없을걸?"

"왜?"

상체를 조금 일으키며 묻자 호랑이가 말을 이었다.

"아무래도 숨어 살아야 하니까."

고운은 산의 주인도 사는 일이 재미없을 수 있구나, 조용히 놀랐다.

"안고운."

말없이 하늘을 올려다보던 호랑이가 불쑥 제안했다.

"소원을 들어줄까?"

귀가 솔깃할 만한 제안이었고 고운은 자기도 모르게 호랑이 앞에 무릎을 꿇었다.

"들어줄 수 있어? 그런 능력이 있어?"

"그럼."

호랑이가 고운이 혹할 만한 일을 나열하기 시작했다.

"잡귀를 물리쳐 줄까? 평생 너한테 들러붙지 못하도록 힘을 좀 써 줄까? 아니면 시험 기간마다 너의 기복을 돌봐 줄까?"

"중요한 사람이 되게 해 줘."

고운은 조금도 고민하지 않고 소원을 말했다.

"중요해지고 싶어."

나는 전혀 중요하지 않거든. 평범하거든. 학교에 있는 듯 없는 듯 존재감 없는 학생, 내가 바로 그런 애야 사는 재미를 야구에서만 찾을 수 있는 따분한 애라고.

고운은 속마음을 드러내지 않으려고 씩 웃었다. 가슴속에 품고 있는 불덩이를 호랑이에게 몽땅 꺼내 보이고 싶지는 않았다.

"그것만은 못 해."

호랑이 말했다.

"결국 네가 선택한 자리잖아."

"뭐?"

할 말을 잃은 고운의 입가에서 웃음이 사라졌다.

"내가 선택했다니? 그게 무슨 말이야?"

"외로운 게 지겨우면 네가 바뀌어야지. 그 자리에서 한 걸음이라도 벗어나야지, 네가 먼저."

호랑이의 눈빛이 변했다.

"안고운. 네 가방에 뭐가 들었는지 알아."

그 말은 어떤 질감을 갖고 고운을 강타했다. 무게가 있고 날카로운 모서리가 느껴지는 말이었다. 고운은 내려놨던 가방을 재빨리 움켜쥐었다. 춤을 추는 사이 호랑이가 함부로 열어 본 것 같지는 않는데 어떻게 안 건지 모르겠다.

"있잖아."

오랜 소원이자 비밀을 말하는 목소리 끝이 조금 떨렸다.

"나는 내 인생에서조차 중요하질 않아."

누구에게도 말하지 않은 간절한 마음이 바닥에 힘없이 떨어졌다.

호랑이는 아무 말도 하지 않았다.

"나를 이렇게 만든 애가 있는데…… 걔 다치게 하고 싶어."

머릿속에서 고운은 자신을 비웃던 무리를, 그 무리의 우두머리 격인 아이를 몇 번이나 해쳤다. 그 애 앞에서 차근차근 화를 내 보기도 하고 내 마음을 왜 몰라주냐고, 나를 왜 이토록 괴롭게 하는 거냐고 소리를 지르기도 했다.

고운의 삶이 변해 버린 것처럼 그 애들의 삶도 격변하길 바랐다. 삶의 형태가 형편없이 구겨졌으니, 그 애들도 똑같이 구김살이 잡히길 바랐다.

"왜 내 앞에 나타났어?"

고운은 애꿎은 호랑이에게 따지듯이 물었다.

"나를 왜 초대했어? 탬버린 흔들 사람이 필요하다고 했지만, 너 다른 이유가 있는 거지? 어?"

"나는."

잠시 후 호랑이가 침착하게 대답했다.

"이 동네에 외로움이 고이지 않길 바랄 뿐이야."

노래하며 춤추던 동물들은 어느새 사라지고 고운과 호랑이만이 서로를 노려보고 있었다.

"그리고 오늘은 내 생일이니까."

고운은 기가 막힌 얼굴로 눈썹을 찡그렸다.

"네 생일 같은 거 축하하고 싶지 않았어!"

"여기 안 왔으면, 정말로 어디 가려고 했는데?"

"그야……."

"너, 야구장에 다녀와서 뭘 하려고 했는지 말해 볼까?"

고운은 떨리는 손을 카디건 주머니에 푹 찔러 넣었다. 가방 속 커터칼을 생각했다. 누구에게도 휘두르지 못할 거면서 챙겨 나온 문구용 커터칼이, 지금 이 순간 고운의 가슴속을 엉망으로 그어 대고 있었다.

"그건 네 외로움을 해결 못 해."

호랑이가 말했다.

"전혀 도움이 안 된다. 널 더 힘들게 하지."

"네가 뭘 알아."

호랑이 주제에 뭘 아느냐고, 열일곱 살의 마음을, 혼자가 되어 버린 처지가 얼마나 외로운지 네가 아느냐는 울분이 입안에서 토막 난 채 흘러나왔다. 호랑이는 고운의 손을 잡아 주거나 어깨를 토닥여 주지 않고 그저 이렇게 말했다.

"네가 원한다면 너는 몇 번이고 다시 태어날 수 있어. 새롭게 살 수 있는 거야."

"못 해. 난 안 될 것 같아."

"안고운."

호랑이가 다짐을 받아 내듯이 말했다.

"너를 믿어. 너 자신이 믿어 주는 네가 앞으로 어떻게 달라질지 기대해 봐."

내가 나를 믿는다니. 어쩌면 누구보다 최선을 다해 스스로를 미워하고 있는 고운에게 그건 너무도 어색한 일이었고, 한 번도 생각해 본 적 없는 말이었다. 그 말이, 고운의 헝클어진 마음을 두드렸다.

"자, 그럼 마저 춤을 출까?"

호랑이가 미소 지었다. 멀찍이 떨어져 있던 너구리가 노래를 틀며 걸어 나왔다. 파티가 다시 시작되었다. 춤출 수 있을 것 같지 않았는데, 그럴 기분이 아니었는데 이번에는 호랑이가 고운의 손을 잡고 오후 햇살이 비치는 쪽으로 이끌며 스텝을 밟았다.

"그거 아니?"

호랑이가 말했다.

"네가 댄서가 되기로 마음먹는다면 넌 얼마든지 댄서가 될 수 있어."

"뭐야. 난 몸치라고."

"네가 믿고 아끼는 너는 한계가 없을 거야. 정말이야."

그리고, 하고 입을 연 호랑이가 잠시 뜸을 들이더니 고운에게만 알려 주는 비밀이라며 속삭였다.

"나쁜 마음으로 누군가를 멀찌감치 세워 두고 외롭게 하는 이들은 반드시 벌 받게 돼 있어."

그러니 지금 고운을 사로잡고 있는 걱정과 외로움은 떨쳐 버리라는 위로이자 예언이었다.

"그거 참 듣기 좋은 거짓말이네."

어쩌면 기분 좋은 주문이거나.

고운은 반짝이는 눈으로 웃었다. 다시 춤을 추는 동안 날이 저물어 갔다.

— 이번 정류장은 신도림역입니다. 다음 정류장은…….

익숙한 목소리가 귓가를 파고들었을 때 고운은 좌석버스 맨 앞자리 창가 쪽에 앉아 있었다. 깜빡 잠든 모양인데 꿈의 내용은 기억나지 않았다.

기억나는 거라고는 천명산과 고깔모자 그리고 탬버린이었다. 그것들이 어떤 의미로 연결되어 꿈에 나타났는지 도통 알수 없었다. 무의식적으로도 생각해 본 적 없는 것들이어서 고운은 한동안 의아했다. 이 감정은 혼란이 분명했지만, 어쩐지 기분 좋은 혼란이라고 여기며 야구장에 갔다.

그날 키움 히어로즈는 한국시리즈에 진출했다. 응원하느라목이 조금 쉰 고운은 가방에 챙겨 놨던 커터칼을 쓰레기통에 버렸다. 이제 됐어. 외로움과 분노 속에 나를 내버려 두는 일은 이제 그만할래. 고운은 어쩐지 홀가분한 마음으로 돌아섰다. 전철역을 향해 넓은 보폭으로 걸어가면서 앞으로 몇 날 며칠은 괜찮게 보낼 수 있을 거라는 예감이 들었다.

그렇게 삶이 계속되었다. 가끔 춤을 추고 싶은 기분이 들 정도로 산뜻한 하루하루가 이어졌다.

그러던 어느 날 횡단보도를 건널 때였다. 학교 수업이 끝나고 곧장 집으로 가는 고운에게, 맞은편에서 걸어오던 어떤 여자애가 눈을 마주치며 웃어 보였는데 고운은 그 미소가 어딘지 모르게 낯이 익어서 눈을 뗄 수 없었다.

아는 애인가? 같은 학원에 다니는 애던가? 생각해 봤지만 모르는 얼굴이었다.

횡단보도를 다 건너고 나서 다시 돌아보았으나 여자애는 어느새 총총 멀어지고 있었다. 저만치 걸어가는 그 애의 뒤로 꼬리처럼 생긴 게 살랑, 다시 한번 살랑거린 것 같아서 고운은 눈가를 문질렀다.

방금 너 꼬리를 흔들지 않았냐고, 네 뒤로 꼬리가 달려 있지 않았냐고 묻고 싶었지만 신호등은 금방 바뀌지 않았고 하필 도로 위를 질주하는 차량이 늘어나서 여자애의 모습이 더는 보이지 않았다.

"이상하네."

고개를 갸우뚱하며 돌아선 고운은 다시 앞으로 나아갔다. 어쩐지 춤을 추고 싶어져서 어깨를 살짝 흔드는 고운의 머리 위로 까치 한 마리가 날아갔다.

우는

용

1

엄마와 대화를 나누지 않은 지 한참 되었다. 일주일 그리고 보름이 지나고 나서부터는 날짜를 세지 않았다. 더는 셀 필요가 없을 것 같아서 일부러 달력을 보지 않았다.

엄마와 이대로 사랑하는 마음 없이 서먹하게 지내겠구나. 그런 생각을 오래 했다. 우리 관계를 반쯤 포기하자마자 시간이 조금 다르게 흘렀다. 낮과 밤이 아주 느리거나 아주 빠르게 바뀌었다.

우리는 한집에서 눈도 마주치지 않고 각자 지냈다. 같이 살면서도 따로 지내는 모녀를 나무랄 사람은 아무도 없었다. 엄마와 나를 억지로 화해시키려는 사람도 없어서, 우리 사이에는 오늘도 찬바람만 불었다.

그러니까 이십 평대의 아파트 천장에 먹구름이 떠 있는 셈이었다. 그 먹구름은 시간이 지나도 흩어지지 않고 몸집을 키워 간다. 언젠가 우산을 써도 피할 수 없는 비를 뿌릴 것이다.

엄마와 다시 이어지고 싶은 마음은 별로 없다. 풀이나 테이프, 강력 본드의 접착력으로도 붙지 않을 관계였다. 우연히 다시 붙게 되더라도 금방 흐물거리며 떨어질 것이다.

우리는 서로의 영역을 침범하지 않으려고 각자 노력 중이다. 이를테면 나는 내 방에서 잘 나가지 않고, 엄마도 내 방에는 들어오지 않으려고 한다.

눈을 마주치거나 대화하려는 시도 같은 건 하지 않는다. 다시 잘해 보려는 용기도 내지 않았다. 이 집에서 나는 호명되지 않은 지 오래인데 그것이 쓸쓸하지도 않다.

혼자여도 괜찮아서, 마음껏 자유롭고 외롭게 지내고 있다. 차라리 잘된 일일지도 몰라. 따로따로 지내는 게 우리에게 나은 걸지도 모른다. 그런 생각을 하자마자 편안하면서도 어딘지 텅 빈 날이 계속 이어졌다. 이런 날들이 쭉 끝나지 않을 것 같았다.

그 새끼 용이 나타나기 전까지는.

범종이 말을 걸었을 때 나는 침대에 누워 있었다.

그건 청록빛을 띤 멋진 종이었다. 책상에 올려 둘 수 있을 정도로 작은 범종은 엄마가 수집한 고미술품 중 하나였다. 옛날에 살던 사람들이 쓰던 물건들. 엄마의 오랜 취미 생활은 바로 그런 물건들을 모으는 거였다.

백자부터 청자 그리고 한문이 가득 적힌 고서 같은 건 우리 집 장식장에 흔하다. 대학에서 예술학을 공부한 엄마는 골동 품은 가만히 바라만 봐도 좋다고 했다. 옛날에 남이 쓰던 물건이 뭐가 그리 좋은 걸까. 먼지나 잔뜩 묻었을 물건들이 도대체 왜.

아무리 깨끗이 닦아도 새것과는 분명히 다르다고 투덜거렸던 날, 엄마는 말했었다. 수완이 너도 나중에 알게 될 거야. 이 벼루에 묻었을 게 먹물만이 아니라는 걸. 이 조그만 청자 그릇에 담겼던 게 음식만이 아니라는 것을. 여기 서려 있는 옛사람의 이야기를 너도 언젠가 꼭 들을 수 있을 거야.

하지만 엄마에게 들린다는 그 목소리들은 내게 들리지 않았다. 엄마가 품은 사랑에 순위를 매긴다면 나는 1등 자리를 놓고서 낡은 물건들과 다퉈야 할지도 모른다. 만약 내가 모든 것을 제치고 가장 높은 순위를 차지하더라도 아무 소용 없다는 걸 안다. 내 자리는 아슬아슬한 꼭대기로 언제든 떨어질 수 있는 자리였으니까.

엄마는 날 좋아하지 않는다. 사랑하겠지만, 많이 사랑하는 건 아니다. 그것이 내가 오랫동안 생각하고 내린 결론이다.

할머니는 엄마가 소띠, 내가 말띠라서 서로 상극이라고 했는데 잘은 모르겠지만 어쩌면 그것이 우리 사이가 아슬아슬한 이유 중 하나일지도 모르겠다.

요즘 엄마는 옛날 물건들을 모으지 않는다. 한때 활활 타오르더라도 결국은 식고 마는 게 사람 마음인가 보다. 좀처럼 사라지지 않을 것 같던 애정도 결국 없어지고 마는 모양이다.

우리는 싸울 때마다 반드시 어느 한 사람이 울었다. 누가 꼭 울어야만 싸움이 끝났다. 엄마가 우는 날이 있는가 하면, 나 혼자 우는 날이 있었고, 둘 다 동시에 우는 날도 있었다. 엄마의 날 선 말들은 나에게 곧장 날아들어 박힌다. 그리고 그것은 어디 가지 않고 내 안에 살아남는다.

그걸 뽑아낼 수는 없다. 너무 깊게 박힌 상태로 굳어 버렸기 때문이다. 핀셋도 집게도 소용없다. 내가 했던 모든 뾰족한 말들도 엄마 안에 고스란히 박혀 있겠지. 어쩌면 뿌리 깊은 나무처럼 쉽게 파헤칠 수 없을 깊이로.

엄마는 잘 모르겠지만 나는 조금쯤 미안해하고 있다. 생각할수록 화나는 게 아니라 점점 미안해졌다. 이건 나의 진심이다. 그렇지만 사과할 마음은 아직 없다.

우리가 화해할 수 있을까. 그건 언제일까.

자꾸 생각해 보지만 역시 잘 모르겠다. 정답 없는 문제를 들여다보며 방에서 혼자 골몰하는 내게 범종에 달린 포뢰가 말을 걸었다.

왜 울고 있냐고.

포뢰의 목소리를 들은 날로 말하자면 여느 때처럼 조용한 아침이었다.

나는 매일 아침 엄마가 출근 준비하는 소리를 듣는다. 침대에 누워 가만히 귀를 기울이면 엄마가 화장실에서 이를 닦고, 세수하는 소리, 머리 감는 소리가 조그맣게 들린다. 방에 들어가 수분크림을 참참 바르고 나선 선크림을 바를 것이다. 눈썹을 그린 후엔 산호색 립스틱이나 말린 장미 색깔 립스틱을 바를 것이다.

옷을 갈아입고 나서는 주방으로 향한다. 그럴 때의 엄마는 발소리를 잘 내지 않는다. 양말 또는 스타킹을 신었기 때문이다. 나는 귀를 더욱 기울이며 엄마를 살핀다. 방 바깥에서 움직이는 엄마를 관찰하는 일을 계속한다.

일찍 일어난 날이면 엄마는 밥을 차려 먹는다. 냉장고에서 반찬 꺼내는 소리. 찬밥을 전자레인지에 넣어 데우는 소리가 난다. 전날 먹다 남은 찌개가 있다면 잠시 후 가스레인지 불 켜는 소리까지 나겠지.

젓가락 아니면 숟가락이 그릇을 긁는 소리를 들으면서도 나는 배가 고프지 않다. 그렇게 좋아하던 아이스크림 생각마저 들지 않는다.

이상하게도 뭐가를 먹고 싶다는 마음이 들지 않는다 나는 어째서 배가 안 고픈 걸까. 이렇게까지 뭔가를 안 먹어도 괜찮을까. 헤아려 봐도 잘 모르겠다.

엄마는 그런 내게 밥 먹으라는 말조차 꺼내지 않는다. 아무리 사이가 냉랭해졌더라도 엄마는 밥 먹을 시간이 되면 꼬박꼬박 최수완 나와서 밥 먹어,라고 방문 앞에서 말하곤 했었는데 이렇게 오래 무심히 구는 걸 보면 신기하면서도 섭섭하다.

이제 엄마가 현관문에서 신발을 꺼내 신는 소리가 들린다. 현관문이 여닫히고 마침내 집 안이 조용해진다. 혼자 남은 나는 침대에 엎드려 누워 생각했다.

속상한 걸까. 나는 혹시…… 서러운 걸까.

머리가 아파왔다. 이마에 손을 대 봐도 열은 나지 않고 오히려 서늘한 기운이 느껴졌다.

"왜 울어?"

그때 거짓말처럼 어떤 목소리가 말을 걸었다.

"괜찮아?"

잘못 들은 게 아니다. 그런데 질문이 이상했다. 나는 울고 있지 않았으니까.

"이젠 날 알아봐 줄 때도 됐잖아."

방에는 나뿐이었다. 엄마가 다시 들어온 소리는 듣지 못했다. 그러므로 지금 듣고 있는 건 엄마의 목소리가 아닌 타인의 것. 간혹 아주 조용할 때 윗집이나 아랫집에 사는 사람들의 목소리가 들리곤 했지만 그런 게 아니라는 걸 알았다.

"……귀신인가?"

떨면서 중얼거리자 목소리가 웃었다.

"아니. 내 이름은 포뢰다."

"……포뢰?"

"용의 아들이지. 편하게 포뢰라고 불러라."

확실히, 사람이 아닐 수도 있겠다고 생각하는데 포뢰라는 놈이 말을 이었다.

"내 소개를 해야겠군. 난 누구보다 잘 울어. 한번 울어 볼까?"

목을 가다듬는 소리가 들리더니 금방이라도 울 것처럼 누군가 훌쩍거렸다. 곧이어 흑흑거리는 소리마저 들리기 시작했고 나는 두렵다기보다는 난처했다. 울보구나. 내 방에 울보 귀신이 나타난 거야.

"안 돼."

누군지는 몰라도 제발, 울지 말라고. 이제 누가 울면 어쩔 줄을 모르겠으니까. 나는 집에 없는 엄마를 자꾸 생각했다. 정확히는 엄마가 우는 모습을.

"그래 너 정말 잘 운다. 알겠으니까 울지 마."

그렇게 말하고 나서 나는 포뢰에게 울지 말라고 다시 부탁했다.

"알았어."

포뢰가 당당하게 말했다.

"그리 부탁하면 들어줘야지. 이 몸은 용의 아홉 아들 중 셋째니까."

어쩌면 너무 외로워 눈을 뜬 상태로 꿈을 꾸는 건지도 몰랐다.

"근데 지금 어디에 있는 거야? 안 보이는데?"

"아, 정말! 왜 여태 나를 못 봐?"

"못 찾겠어."

"여기에 있잖아. 네 책상 위!"

나는 너무 놀라 책상 앞에 서서 두리번거렸다. 거기 연필꽂이 옆에 놓인 작은 범종이 보였다. 종의 윗부분에 달린 작은 용이 눈을 깜박였다. 엄마가 작년 생일에 선물이라며 준 종이었다.

"설마…… 네가 말한 거야?"

"드디어!"

눈이 마주치자 용은 이빨을 드러내며 활짝 웃었다.

그것은 정말 용이었다. 작은 종 위에서, 정말로 용이 살아 움직이고 있었다.

"귀, 귀신이야?"

"아니. 용의 아들이라니까."

몇 번을 말해야 하냐면서 포뢰가 제 수염을 만지작거렸다. 나는 침을 삼키며 한발 물러섰다.

"미안. 너 근데…… 어떻게 말하는 거야?"

두 눈으로 보고 있어도 믿기지 않았다.

"원래 말을 할 수 있어?"

그렇다면 왜 그동안 조용했던 거냐고 묻듯이 바라보는 내게 포뢰가 말했다.

"사람만 말할 수 있는 건 아니야. 세상에 수다쟁이가 얼마나 많은데!"

"……어?"

"고래도 호랑이도 고라니도 그리고 용도 말할 수 있지."

포뢰가 씨익 웃었다.

"만나서 반가워. 최수완."

그렇게 말하며 웃는 조그만 용을 보면서 나는 뒤늦게 비명을 질렀다.

2

포뢰는 아주 작았다. 붙어 있는 종이 작아서 그런지 부리부리한 눈과 수염, 발톱 모두 조그맸다. 마치 작은 인형 같았는데 그렇다고 해서 부드럽거나 폭신폭신해 보이지는 않았다.

내 피부랑 다르구나, 하고 중얼거리는 걸 들은 포뢰가 눈을 동그랗게 뜨며 말했다.

"용의 비늘을 뭘로 보는 거야. 화살도 막을 수 있는데."

포뢰가 꼬리를 소리 나게 내리쳤다.

목소리의 정체를 알고 나니 두려움은 좀 가셨다. 대신 가슴이 세차게 두근거렸다. 아무래도 만화 같은 일이 나에게 생겼으니까.

모든 게 작은 포뢰는 목소리만 우렁찼는데, 아이 같은 면이 있었다. 그러고 보니 옆집에 사는 남자아이의 목소리와 조금 닮은 것도 같다. 그 아이는 엘리베이터에서 마주칠 때마다 안녕 수완이 누나, 우리 집에 고양이 있어, 고양이가 살아, 하고 거의 매일 자랑하는 애였다. 엄마는 그 아이를 보고 똘망똘망하니 귀엽다고 했다.

걘 잘 지내고 있을까. 요샌 집에만 있어서 통 만나지 못했다. 지금쯤 키가 조금 자랐겠지. 어쩌면 더욱 수다스러워졌을지도 모르겠다.

옆집 아이를 떠올리던 나는 포뢰를, 포뢰가 붙어 있는 작은 범종을 손바닥 위에 올려놓고 조심스레 물었다.

"네가 말할 줄 아는 거 우리 엄마도 알아?"

"아니."

포뢰가 어깨를 으쓱했다.

"네 앞에서만 말하기로 했거든."

"왜?"

"그야 넌 내 말을 들을 수 있잖아, 이제."

나한테 이런 힘이 있었던가?

나는 고개를 갸웃했다.

"나 슈퍼 파워가 생긴 거야?"

"그런 셈이지."

포뢰의 말을 듣자 기분이 조금 이상했다. 엄마에겐 없는 능력을 갖고 있다는 사실 때문에 약간 무섭기도 했다. 그런 마법 같은 힘이라면 엄마가 가져야 하는 거 아닌가.

"자, 말해 봐."

포뢰가 수염을 매만지며 말했다.

"왜 울고 있었어?"

"안 울었는데."

"봐 봐, 지금도 울고 있잖아."

나는 놀라서 눈가를 만져 보았다. 축축한 물기가 느껴졌다. 나는 어, 하면서 눈을 크게 떴다. 정말로 눈물이다. 내가 울고 있었다.

"언제부터 운 거지?"

"지난달부터."

재미없는 농담 앞에서 헛웃음이 나왔지만 포뢰의 목소리는 진지했다.

"어디 보자. 정확히는 한 달도 더 전부터군."

"그게 무슨 말이야?"

"말 그대로야."

얘기를 나눌수록 궁금한 것투성이였다.

"아마 바로 받아들일 순 없을 거야. 처음엔 다 그래."

포뢰의 말을 다 이해할 수 없었지만 어쩐지 이 조그맣고 낯선 용과 앞으로 많은 이야기를 나눌 거란 느낌이 들었다.

나는 책상에 걸터앉아 포뢰에게 물었다.

"혹시 배고파?"

"글쎄."

포뢰가 긴 발톱으로 종을 두드리며 말했다.

"생각해 보니 좀 배고프네. 너무 오랫동안 잤거든."

"얼마나?"

"음. 백 년 넘게."

백 년이라니! 나는 벌떡 일어났다.

"왜 그렇게 오래 잤어?"

겨울잠 같은 걸 잔 거냐고 묻자 포뢰가 발톱을 까닥이며 말했다.

"깨워 주는 사람이 없었거든."

"먹을 걸 좀 줄까?"

"어떤 거?"

포뢰의 눈이 반짝였다.

나는 냉장고에 뭐가 들었는지 떠올려 봤다. 아무래도 용이니까 고기를 먹으려나. 통조림에 든 꽁치 같은 거면 될까. 어쩌면 브로콜리나 당근을 먹을 수 있을지도 모른다.

"과일도 먹을 수 있어?"

"그럼."

나는 범종을 손바닥 위에 둔 채 방에서 나왔다. 그러고는 포뢰가 집 안을 둘러볼 수 있도록 한 바퀴 천천히 돌았다.

"끝내준다!"

포뢰가 엄마의 장식장 쪽을 바라보며 휘파람을 불었다.

"저 친구들을 다 모은 거야?"

"나 말고 우리 엄마가."

"대단해, 대단해. 북적북적하고 좋네."

감탄하는 포뢰를 데리고 나는 냉장고 앞에 섰다.

"먹을 게 별로 없네."

늘 반찬이나 채소로 가득 채워져 있던 냉장고가 어쩐 일인지 휑했다. 나는 과일 칸에서 바나나를 하나 꺼내 들었다. 껍질에 검은 반점이 생기기 시작한 바나나였지만 포뢰는 뭐든 괜찮다고 했다.

식탁 한편에는 엄마가 아침에 넘겨 봤을 신문이 쌓여 있었다. 그 옆에 포뢰를 내려 주고 바나나 껍질을 벗겨 냈다.

"자."

나는 시험을 받는 기분으로 바나나를 내밀었다. 포뢰가 바나나를 한입 크게 베어 물고는 까웅, 하면서 행복해했다.

"진짜 맛있잖아! 너무 맛있잖아!"

포뢰가 바나나를 움켜쥐고 외쳤다.

"이거 이름이 뭐야?"

"바나나."

바나나 껍질에 빌톱이 파고드는 깃도 모르고 좋아하던 포뢰는 볼이 불룩해질 만큼 바나나를 먹었다. 옴뇸뇸 하고 먹음 직스럽게 먹는 걸 보니 조금 기분이 좋아졌다.

나는 포뢰의 맞은편에 턱을 괴고 앉았다. 동생이 생긴 기분이었다.

"최수완, 너는?"

갑자기 포뢰가 눈을 굴리며 조심스럽게 물었다.

"응?"

"넌 역시 배가 안 고파?"

"응. 안 고파."

이상한 일이지, 하면서 웃자 포뢰는 이상하지 않다고 했다.

"그럼……."

포뢰가 뜸을 들이다 물었다.

"배고프지 않은 대신 손발이 저리겠구나?"

그런가?

내 손발이 지금 저릿한가? 피가 안 통하는 느낌인가?

두 손을 펴 보자 신기하게도 포뢰의 말대로 그런 느낌이 들었다. 쥐가 난 느낌. 아무리 문질러 봐도 그 느낌이 가시지 않았다.

"네 말대로 정말 저려."

"그럴 거야."

포뢰가 바나나를 우물거리며 말했다.

"너는 사라지고 있으니까."

"뭐?"

"넌 지금 사라지고 있어, 최수완."

무슨 말을 해야 할지 모르겠다. 기분 나빠해야 하나. 나는 얼떨떨한 표정으로 포뢰를 쳐다보았다.

"그건 눈이 녹는 것과 비슷한 거야."

포뢰가 말했다.

"꽃이 지는 것과도 비슷하고."

뭐야, 자연의 섭리 뭐 그런 말인가?

그 순간 몸이 으슬으슬 춥고 떨렸다.

"최수완."

포뢰가 진지한 목소리로 불러서 나는 덩달아 목소리를 낮추며 왜, 하고 물었다.

"왜 사라지고 있는지 궁금하지 않아?"

포뢰가 그렇게 묻자 몸이 떨리는 증상이 심해졌다. 뭔가 지나간 기분이 들었다. 집에 있는데도 찬 바람이 불다니. 궁금했지만 이유를 묻고 싶지는 않았다.

"그건 그렇고."

포뢰가 불쑥 물었다.

"너 엄마랑은 언제 화해할 거야?"

"어?"

"싸웠잖아. 너희 엄마랑. 얼른 사과해야 되지 않아?"

"……이렇게 일찍이?"

"나는 포뢰잖아."

하긴 애는 내 방에서 그동안 다 들었겠구나. 한 마디도 빼놓지 않고 전부.

나는 멋쩍게 웃으며 뒷목을 쓸어내렸다.

"화해할 수 있을까?"

"물론."

"당분간은 좀 힘들 것 같은데."

"그건 너한테 달렸지."

포뢰가 눈썹을 찡긋했다.

"마음만 먹으면 해결할 수 있는 거야, 뭐든."

"글쎄."

"사실 나한테도 고민이 있어. 용의 아들도 고민이 있는 거다, 최수완."

"너한테도?"

"응. 나는 눈물이 너무 많아."

쑥스러운지 포뢰의 목소리가 작아졌다.

"잘 우는 건 나의 자랑이지만…… 고민이기도 해."

그럴 수가 있구나. 자랑이면서 고민이 되는 일도 있구나. 용처럼 힘이 센 동물에게도 고민이 있다는 건 어쩐지 위안이 됐지만, 직접 녀석에게 말하지는 않았다.

"그렇다고 해서 아무 때나 우는 건 아니야."

포뢰가 서둘러 변명했다.

"우선 여기에는 고래가 없잖아."

"고래?"

"응, 혹등고래나 귀신고래 같은 애들이 없잖아."

당연하다. 여기는 바다가 아니니까, 그냥 엄마와 내가 사는 집이니까. 가까운 바다는 차로 두 시간 정도 걸리는 거리에 있었다.

"나는 고래가 제일 무서워."

고래를 보면 몹시 울고 말지. 걔네 진짜 너무 무서워, 하고 중얼거린 포뢰가 몸을 부르르 떨었다.

바나나를 다 먹은 포뢰와 거실 소파에 앉아 TV를 봤다. 마침 호랑이가 나오는 다큐멘터리가 재방송 중이었는데, 포뢰는 "아, 호랑이!" 하면서 무척 반가워했다.

"좋아하는 녀석들이야, 듬직하고."

오랜만에 옛 친구들을 만나서 그런지 포뢰는 무척 신나 보였다. 또 누구와 친하냐고 물었더니 "고라니들을 좋아해. 걔네들은 날 무서워하지만" 하고 즐거워했다.

나는 포뢰를 데리고 엄마의 서재로 갔다. 심심한 포뢰에게 집을 구경시켜 주려는 마음이었으나 실은 핑계였다.

오랜만에 엄마의 공간에 들어가 보고 싶었다. 용기 내어 방문을 열자 엄마한테서 나는 포근한 로션 냄새가 풍겼다. 포뢰는 쿠룩 쿵쿵거리며 눈을 살짝 감았다. 산 냄새도 나고 바다 냄새도 나는 것 같다고 말했다.

"아, 이 냄새는 족보구나."

포뢰가 황홀하다는 듯이 눈을 게슴츠레 뜨더니, 작은 발톱을 세워 엄마의 책꽂이에 꽂혀 있는 낡은 책을 가리켰다. 내가 한 번도 펼쳐 보지 않은 책이었다.

"여기 네 이름도 있네."

"보지 않고도 알 수 있어?"

"나는 용의 셋째 아들이니까."

자랑스럽게 말하며 웃는 포뢰에게, 나는 궁금했던 것을 묻지 않을 수 없었다. 이름은 이미 들어 알고 있지만 아직 포뢰의 나이는 몰랐으니까.

"넌 몇 살이야?"

나는 말하기 싫으면 대답하지 않아도 된다고 덧붙였다.

"나? 내가 보살피는 이거, 이 종이랑 나이가 같아."

포뢰가 점잖게 말했다.

"근데 이 범종은…… 언제 만들어졌는지 확실하지가 않구나. 나도 기억이 안 나고."

제작 연대를 알 수 없다는 말은, 엄마가 종종 중얼거리는 말이었다. 엄마는 엄마가 사 모으는 옛 물건들을 마른 수건으로 닦으면서 포뢰처럼 말하곤 했다. 이건 조선 시대에 만들어

진 물건이야. 저건 정확히 몇 년도 몇 월 며칠에 제작됐는지
는 알 수 없지. 대개 과거의 어느 시간대를 예측해 보는 말들
이었다.

"그렇구나."

나는 분위기가 어색해지지 않도록 고개를 끄덕였다. 요즘
시대에 나이는 별로 중요하지 않다고 말하자 포뢰가 환하게
웃었다.

"어쨌든 우린 만나자마자 친해졌으니 친구라고 할 수 있겠
군. 그렇지?"

"……그래. 그런 거지."

우리는 박수를 치려다 거실 쪽에서 들려온 소리를 듣고 동
시에 문가로 고개를 돌렸다. 현관문 비밀번호를 누르는 소리
였다.

"쉿."

나는 입가에 검지를 대며 목소리를 죽였다.

"엄마가 왔나 봐."

엄마가 퇴근했다. 언제 시간이 이렇게 흐른 걸까. 엄마가 집
으로 돌아오는 것과 거의 동시에 포뢰를 안고 내 방으로 뛰어
들어왔다. 아슬아슬하게 문을 닫을 수 있었다.

장을 봐 왔는지 부스럭거리는 소리에 이어서 가방을 내려
놓는 소리가 들렸다.

나는 포뢰가 앉아 있는 종을 꽉 끌어안았다.

"화해는 빨리할수록 좋은 거야."

포뢰가 의젓하게 말했다.

"시간이 너무 지나면, 어느 순간 미안하다는 말을 잃어버릴 수도 있어."

"잃어버리지 않을게."

"쉬운 일이 아니야. 그리고 수완이 너도 알고 있잖아."

"뭘?"

"이대로 사라지면 엄청 슬플 거라는걸. 너도, 너희 엄마도."

포뢰가 나를 빤히 올려다보았다.

"말했다시피 너는 사라지고 있으니까."

그리고 이어진 말은 내가 전혀 예상하지 못한 것이었다.

"최수완, 너는 죽고 있으니까."

3

시곗바늘 움직이는 소리가 어느 때보다 크게 울린다. 나는 이불을 덮고 누워 시간이 얼마나 빠르게 흐르는지 들었다.

포뢰는 베개 옆에서 그런 나를 지켜보기만 했다. 아무 말도 하고 싶지 않았다. 무슨 말이라도 해야 했지만 그랬다가는 말보다 눈물이 먼저 터져 나올 것 같았다. 용 앞에서 울고 싶지 않았다.

104

울지 않으려고 방문 바깥으로 귀를 기울였다. 화장실에서 손을 씻고 나온 엄마가 주방에서 커피를 내리고 있다. 원두 갈리는 소리. 그리고 커피머신 작동하는 소리가 이어진다.

하지만 평소처럼 집중해서 들을 수 없었다. 조금 전 그 말이 사실이냐고 물었을 때, 포뢰는 사실이라고 대답했다.

나는 옆으로 돌아누우며 입술을 깨물었다. 무섭다. 안장을 붙잡아 주는 엄마 없이 처음으로 혼자 두발자전거를 탔을 때처럼. 어쩌면 그보다 더 많이.

'너는 죽고 있으니까.'

내가 죽고 있다고, 포뢰는 말했다.

어쩌면 알고 있었는지도 모른다. 모르는 척했던 것도 같다. 그러니까 내가 더는 엄마 곁에서 살기 어렵다는 사실을. 점점 사라지고 있다는 것을. 우리가 아무런 말도 나누지 않고 보내는 긴 시간 동안 나는 정말로 엄마를 떠나고 있었다는 것을.

내가 사라지고 있지 않았다면 엄마는 매일 아침마다 밥 먹으라며 나를 깨웠을 거다. 빨리 일어나라고, 일어나서 학교 가야지 뭐 하는 거냐고 평소처럼 목소리를 높였을 거다.

아니면 이모가 사 준 책을, 그 어마어마한 세계문학전집을 다 읽었냐고 나를 귀찮게 했을 테지. 이는 꼼꼼히 닦았냐고, 이를 잘 닦지 않으면 이다음에 치과에서 신경 치료를 할 수밖에 없다고, 그럴 때의 치과 비용은 정말 만만치 않다고 잔소리했을 거다. 수완이 너 나중에 임플란트 하고 싶은 거냐고 겁을 줬을 것이다.

하지만 엄마는 나를 그냥 내버려 뒀다. 마치 내가 보이지 않는 것처럼. 그래, 집에 내가 없는 듯이 아무 말도 하지 않았었지.

엄마와 나는 정말로 멀어지고 있는 거였다.

나는 손으로 입가를 막았다. 갑자기 속이 울렁거렸지만, 다행히 토하지는 않았다.

"괜찮아?"

포뢰가 걱정스럽게 물었다.

가슴 깊은 어딘가를 누군가 손톱으로 살살 긁는 것 같았다. 아프진 않고 조금 간지러웠다. 확실히 그건 간지러움이었다.

갑자기 어이가 없어 웃음이 터져 나왔다. 사람은 마지막에 간지러움을 타며 잠드는 걸까. 간지러움이야말로 사람이 가장 나중에 느끼는 감각일까.

"나는 지금 어디에 있어?"

오래 망설이다가 묻자 포뢰가 창문 쪽을 바라보았다. 창밖에 보이는 놀이터가 아닌 더 먼 데를 바라보는 듯했다.

"넌 지금 병원에 있어. 의식을 잃었거든."

"……그렇구나."

어떤 사실을, 무겁거나 슬픈 사실을 받아들이고 나면 땅이 흔들리거나 눈앞이 하얘진다고 들었는데 지금 내가 그랬다. 아주 어지러웠다.

"울어도 돼."

포뢰가 한참 만에 말했다.

나는 눈을 감았다. 침을 삼키면서 눈물도 같이 삼키려고 했는데 하나도 소용없었다.

"너 왜 울어도 된다고 했어?"

그래서 포뢰에게 괜히 짜증을 부렸다.

"네가 그 말 해서 또 눈물 나오잖아."

"괜찮아."

포뢰가 한 번 더 말했다.

"괜찮아."

생각났다. 나는 사라지고 있다.

그리고 한 달 전쯤부터 나는 울고 있었다. 소리 내지 않고 우는 일은 생각보다 쉬웠다.

너무 무서운 일이지만, 그런 일이 나한테 일어났다. 이건 잠들기 전에 하는 나만의 상상이 아니었다. 나쁜 꿈속도 아니다.

처음에는 화가 났던 것 같다. 내가 왜 병원에 누워 있어야 하는 건지, 어째서 계속 잠든 상태로 아파해야 하는 건지 억울해서 속이 다 상했다. 받아들일 수 없는 비밀 앞에서 나는 소리를 지르고 싶어졌다.

그러다가 어떤 사실을 깨닫고 멍해졌다. 잠깐만, 하고 내 어깨를 두드린 죽음이 네가 저지른 잘못이 기억 안 나냐고 속삭인 것만 같다.

잘못한 게 있었다. 그냥 지나칠 수 없는 실수를 저질렀던 게 기억난다. 그날 나는 엄마의 말을 듣지 않았다. 뭣 때문인지는 모르겠지만 엄마와 싸우고 나와 기분이 가라앉은 날이었다.

짜증나 죽겠다고 중얼거리며 있는 힘껏 페달을 밟았던 것 같다. 그리고 불어오는 바람을 맞으며 겨우 기분이 좋아지려던 순간에. 비탈길을 내려와 막 코너를 돌던 순간에.

자전거와 함께 몸이 붕 떴던 그때. 귓가로 파고들던 비명 소리가 나의 것이었는지 근처를 지나던 고등학생들의 것이었는지 잘 모르겠다. 천천히 땅으로 떨어지면서 엄마, 하고 속으로 외쳤던 것 같기도 하다.

"엄마한테 인사할래?"

포뢰가 물었고,

"응."

나는 한참 지나서 겨우 대답했다.

이불을 젖히고 일어났다. 바로 방을 나서지 못하고 서성거렸다. 방문을 열기 전에 돌아보자 포뢰가 손짓했다. 다녀와. 엄마에게 어서 갔다 와. 늦기 전에 엄마를 보고 와.

나는 용기 내어 문을 열었다.

엄마는 불도 켜지 않은 거실에 혼자 서 있었다.

병원에 누워 있어야 하는 내가 집에 온 이유를 알 것 같다. 엄마를 혼자 두고 싶지 않았던 것이다. 마지막의 마지막까지 할 수만 있다면 엄마 곁에 남아 있고 싶어서 찾아온 거였다.

병실에서 집까지 엄마를 따라 비틀비틀 걸어왔던가. 엄마는 몰랐겠지만 가끔 엄마의 손을 잡고, 버스를 탔던 것 같다.

"엄마."

나는 목을 가다듬고 다시 입을 열었다.

"캄캄한데 왜 불도 안 켜고 있어."

그렇게 말했지만 엄마는 내가 하는 말을 듣지 못하는지 우두커니 어둠 속에 서 있기만 했다.

아, 하고 나는 신음을 흘렸다.

어, 하고 주먹을 쥐었다.

들을 수 없나 보다. 그런가 보다. 엄마는 나를 바라보지 않았고 나와 눈을 마주치지도 않았다. 나를 미워해서가 아니라 내 목소리가 전혀 들리지 않아서.

그러면 우리는 이제 서로를 알아보지 못하는 걸까. 영영 눈을 맞추지 못하고 나만이 엄마를 보고 엄마의 목소리를 듣는 걸까.

"엄마."

내가 여기에 있는데, 왜 나를 못 봐?

그런 말들이 엄마에게 닿기를 바라며 쳐다보자 거짓말처럼 엄마와 눈이 마주쳤다. 엄마가 나를 본 것 같다. 잠깐이나마 엄마가 나를 알아차렸다는 기분이 들었다.

그러나 엄마 아가 다시 생각에 잠긴 두 눈을 감아 버리다 입술을 모아 긴 숨을 내쉰다. 눈을 감은 엄마는 몹시 피로해 보였다. 오랜만에 가까이서 지켜본 엄마는 그동안 살이 많이 빠졌는지 힘이 없어 보였다.

가만히 엄마의 손을 잡아 보았다. 엄마는 손이 따뜻한 편인데 그 따뜻함이 조금도 느껴지지 않는다. 익숙한 온기를 더는 느낄 수 없었다. 나는 손을 거두고 엄마를 올려다보았다. 내가 집에 왔다고, 지금 여기에 같이 있다고 아무리 소리쳐 봐도 엄마는 눈을 뜨거나 대답하지 않는다. 반응 없는 엄마를 눈앞에 두고 가슴이 답답해진다. 나 혼자 투명한 비눗방울에 갇혀 있는 것 같았다. 엄마와 나를 가로막는 보이지 않는 벽이 넓은 범위로 존재했다.

그렇구나. 나는 이를 악물었다. 포뢰의 말대로 나는 정말로 사라지고 있는 거다. 지금 이 순간에도 눈이 녹는 것처럼, 멈추지 않고서.

댕—

그때 내 방 쪽에서 동그랗고 구슬픈 소리가 들려왔다.

댕—

포뢰가 우는 소리였다.

울보답게 포뢰는 한참을 울었다. 왜 네가 울어, 하면서 나는 눈을 비볐다. 손가락이 금방 젖었다.

4

그리고 나를 둘러싼 세상은 이제 집이 아니라 낯선 병원이었다.

사라지고 있음을 받아들이자마자 시간과 장소가 바뀌었다. 낯선 변화 앞에서 무서워만 하고 싶지는 않은데 몸이 움직이지 않았다. 팔과 다리를 움직일 수 없는 지금, 나는 아무도 모르게 깨어 있었다.

그리고 저기 문이 열린다.

누구인지 보지 않아도 알 수 있었다.

"수완아."

엄마였다.

규칙적으로 울리는 기계음 사이로 엄마의 목소리가 나를 불렀다. 나는 엄마가 곁에 다가와 의자를 끌고 앉는 소리를 들었다.

"최수완, 엄마 왔다."

알아요. 나는 속으로 중얼거렸다.

엄마에게는 보이지 않을 걸 알면서도 최선을 다해 웃고 싶다고 생각했다. 그리고 엄마가 들을 수 없는 목소리로 이야기를 시작했다.

엄마, 그거 알아? 우리 집에 용이 있어,

"수완아."

네가 ♀는 ♂을 만났어.

"보고 싶어."

걔는 고래가 무서워서 운대. 고래가 세상에서 제일 무섭대. 나는 고래 때문에 우는 건 아니야. 고래 같은 건 무섭지 않아. 내가 무서워하는 건, 내가 정말 두려워하는 건······.

"얼른 일어나. 너무 보고 싶다."

엄마가 내 손을 잡으며 속삭였다. 이번에는 엄마의 체온을 느낄 수 있었다.

따뜻하고 보드라운 손이 내게 닿았다는 것을 천천히 알아차릴 수 있었다. 우리는 이번에도 가까이 있지만 멀리 떨어져 있는 거나 마찬가지였다. 이 거리감을 좁히려면 어떻게 해야 할까.

"얼른 집에 가자, 우리."

엄마, 미안해. 안으로만 차곡차곡 쌓아 왔던 말을 꺼내자 몸이 한결 가벼워졌다. 나도 보고 싶어. 이렇게 엄마를 보고 있는데도 너무 보고 싶어.

그 순간 몸이 떨렸다. 마침내 그가 온 것 같다. 죽음이라는 것이.

포뢰는 그가 가까이 다가오면 한겨울에 외투 없이 외출한 것처럼 추위를 느낀다고 말해 줬다. 목도리나 두꺼운 잠바 같은 건 하나도 소용없을 정도로 추워진다고 했다. 내가 지금껏

겪어 보지 않은 수준의 추움이라고도 했는데, 포뢰의 말대로 정말 그랬다.

나는 추위에 떨면서 포뢰를 생각했다. 그 애의 종소리가 귓가에 맴돈다. 나의 작고 용감한 용이 나를 위해 울었던 순간이 너무 멀게 느껴진다. 다 울고 나서 포뢰는 자신의 종소리를 들었으니 분명 좋은 일이 생길 거라고 말했었는데.

그리고 또 뭐라고 말했더라.

무슨 말을 더 했던 것 같은데…….

"최수완."

죽음이 입을 열었다. 그가 나를 불렀고 기억 속의 포뢰가 입을 연다.

'죽음은, 네가 살면서 제일 처음 목격한 죽음의 모습으로 찾아갈 거야.'

나는 포뢰의 말을 곱씹으며 시선을 내렸다. 침대 밑. 엄마의 발치에서 검정 바탕에 흰 무늬를 입은 턱시도 고양이 한 마리가 나를 빤히 올려다보고 있었다. 아주 작은 새끼 고양이였다.

역시, 하고 나는 생각했다. 고양이였어. 나를 데리러 온 죽음은 고양이구나.

고양이는 내가 살면서 처음으로 본 죽음이었다. 언젠가 학교에서 집으로 돌아오던 길이었다. 횡단보도를 건너는데 길가에 길게 드러누운 털 뭉치가 보였다.

처음에 인형 같다고 생각했던 그것은, 눈을 감고 혀를 빼물

고 있는 그것은 어린 길고양이였다. 아마도 길을 건너다가 사고를 당한 듯했다

그리고 지금 그 녀석의 모습을 한 죽음이 내 곁에 있다.

"잠깐 바람이나 쐬고 올까."

고양이가 야옹 하지 않고 말했다.

그래도 될까, 주저하던 나는 고양이를 따라나섰다. 병실을 나가기 전 잠시 돌아봤을 때도 엄마는 침대에 누워 있는 내게 간절한 얼굴로 말을 걸고 있었다.

"최수완, 눈 좀 떠 봐. 응?"

엄마의 목소리가 나를 붙잡았지만 고양이를 따라 걸음을 옮겼다. 우리는 발소리를 내지 않고 긴 복도를 유유히 걸었다.

"너, 사라지고 있는 거 알고 있지?"

병원 앞 은행나무 아래를 걸으며 고양이가 입을 열었다. 귀여운 애가 무서운 말을 하니 덜 무서웠다.

"응. 포뢰가 말해 줬어."

"그럼 준비가 됐겠네."

"준비?"

"떠날 준비."

동그란 눈으로 올려다보던 고양이가 꼬리를 살랑이며 앞서 걸었다. 그런 게 준비될 리 없잖아. 뭘 어떻게 해야 하는 건데. 나는 뾰루퉁한 표정을 숨기려고 괜히 은행나무를 노려보았다.

당연한 일이겠지만 여기까지 걸어오는 동안 아무도 우리를

보지 못했다. 고양이의 모습을 한 죽음과 계단을 내려오면서, 병원을 빠져나오면서 나는 나의 마지막을 실감할 수 있었다.

놀이공원에 가고 싶을 정도로 화창한 날씨였다. 이런 날씨는 정말 드물지 않나. 이렇게 마음이 들뜨고 뭐라도 해야겠는 날씨는. 이런 날이면 자전거를 타곤 했는데. 맑은 날씨 덕분에 내내 가라앉았던 기분이 조금씩 풀리고 있었다. 바람을 쐬러 나오자고 제안한 죽음에게 살짝 고마운 마음마저 들 정도로.

"날씨 진짜 좋다."

내가 말하자 고양이가 정말 좋네, 하고 동의했다.

"떠나기 아쉬운 날씨인데."

"어떤 날씨든 떠나기 아까운 법이지."

고양이가 심드렁하게 대답했다.

우리는 나무 벤치에 앉아 파란 하늘을 바라보았다.

"죽음아."

나는 그렇게 말하고는 아차 싶어서 뺨을 긁적였다.

"어, 그러니까…… 널 죽음이라고 불러도 되나?"

"그럼. 나는 바로 그것이니까. 그게 내 이름이니까."

고양이가 흔쾌히 허락했고 나는 다시 죽음아, 하고 불렀다.

"거기엔 뭐가 있어?"

"어디?"

"내가 곧 갈 곳."

"글쎄, 미리 말하면 재미없지."

그러니 말을 아끼겠다며 고양이는 여유롭게 제 앞발을 혀
루 핥았다

"그렇구나."

나는 고양이의 배려에 조금 고마워하며 웃었다.

"죽음은, 갓을 쓴 저승사자인 줄 알았어."

"아. 그건 잘못 퍼진 소문이야."

고양이가 갸르릉 소리를 내더니 새침한 목소리로 말했다.

"대체 누가 그런 말을 퍼트렸는지, 원. 헛소문이니 더는 믿
지 마라."

"응."

"인간이 다양한 모습이듯이 죽음도 다양해."

"진짜?"

"그래. 오늘 나는 고양이의 모습이지만 최수완, 어떤 사람에
게는 참새가 되어 찾아갈 때도 있고 또 어떤 사람에겐 그 사
람의 할머니나 형이 되어 만나러 가기도 하지."

높낮이가 거의 없는 목소리로 고양이가 설명했다.

"나는 하나이자 무한 개. 여기 존재하지만 다른 데 있지."

수수께끼 같은 말이었다.

"기분이 어때?"

고양이가 문득 물었다.

"잘 모르겠어."

나는 잠시 고민하다가 말했다.

"허탈하기도 하고 화나기도 하고. 아직…… 하고 싶은 게 많거든."

"어떤 것들?"

"아이유 언니 콘서트도 가 보고 싶고 이탈리아에 화덕 피자를 먹으러도 가고 싶었어. 엄마가 거긴 젤라또가 정말 맛있다고 했는데 어…… 젤라또라고 쫀득한 아이스크림이 있대."

햇살에 잠겨 있던 고양이가 곰곰이 생각하는 눈으로 나를 바라보았다.

"우리, 좀 더 멀리 가 볼까?"

그렇게 해서 우리는 조금 더 소란스러운 거리를 걷고 있다. 병원 앞 사거리를 지나 몇 번의 횡단보도를 건넜다. 우리는 사람들 사이를 지나가거나 어쩔 수 없이 그들을 그대로 통과하며 걸었다.

"죽기 전에는 다들 이렇게 산책하는 거야?"

"아니."

고양이가 고개를 저었다.

"모두 이런 시간을 누릴 수 있는 건 아니야."

나는 그 말에 조금 들뜨는 마음이 되고 말았다. 특별한 대우를 받으면 내가 특별한 사람이 된 기분이 드는 거니까. 하지만 내색하지 않고 되물었다.

"그럼?"

"너무 이르게 끝나는 사람들만 산책할 수 있어."

앞서 걷던 고양이가 나의 보폭을 맞추며 말을 이었다.

"그러니까, 거의 애들만. 갓난아기는 혼자 걸을 수 없어서 내가 안고 걷곤 하지."

나는 고개를 끄덕이다가 입을 다물었다. 죽음이 아기를 안고 걷는 모습을 상상하고 싶지는 않아서 눈을 오래 감았다가 떴다.

사람이 자신의 끝을 미리 알 수 있다면 좋을 텐데. 아니 차라리 모르는 게 나은 걸까. 그래도 최소한 마지막 정리할 시간은 주어지는 거니까 미리 알 수 있는 편이 좋겠다.

나는 덩그러니 남을 엄마를 떠올렸다. 엄마는 괜찮을 것이다. 하지만 한동안 괜찮지 않을 거라는 걸 안다.

아무리 강철 같은 엄마라 해도 엄마는 나에 관한 일이라면 다른 일을 대할 때보다 잘 흔들리곤 하니까. 나로 말하자면 엄마의 표현대로 웬수였지만 어쨌든 엄마의 딸이기도 하니까.

지난 추석 연휴 때 내가 심하게 체해 물만 마셔도 토하자 엄마는 어디선가 매실청을 구해 오고, 각종 이온 음료와 소화가 잘된다는 배와 무 등을 한가득 사 왔었다. 체한 건 난데 엄마가 하얗게 질려서.

엄마를 남겨 두고 가는 일이 마음에 걸렸다. 하지만 그렇다고 해서 죽음에게 우리 엄마를 좀 보살펴 달라는 부탁을 할 수도 없는 노릇이었다. 죽음이 살아 있는 사람의 곁을 맴도는 것처럼 불안한 일도 없을 테니 말이다.

우리는 말없이 걸었다. 점점 날이 저물어 갔다.

"저기 봐."

총총 걸어가던 고양이가 어딘가를 바라보며 그 자리에 멈춰 섰다.

"어디?"

"저기."

죽음이 가리킨 곳에는 까치 한 마리가 누워 있었다. 아직 태어난 지 얼마 안 되어 보이는 작은 새였다.

어디 다친 걸까. 아니면…… 이미 떠난 걸까.

까치가 누워 있는 아스팔트 근처에는 누군가 버린 아이스크림 비닐과 담배꽁초가 군데군데 얼룩처럼 놓여 있었다.

"쟤한테는 이미 '우리'가 다녀갔어."

"그렇구나."

나는 잠든 것처럼 누워 있는 까치를 보며 생각했다. 까치를 찾아온 죽음은 어떤 모습이었을까. 지렁이였을까? 아니면 이름 모를 애벌레?

우리는 다시 걸음을 옮겼다. 꽤 오래 걸었는데도 조금도 지치지 않았다.

걸으면서 제법 많은 죽음을 봤다. 나처럼 건물이나 사람들을 통과해 걷는 이들을 한눈에 알아볼 수 있었다. 죽음의 말대로 그들은 주로 아이들이었고, 어쩌다가 가끔 교복을 입은 언니, 오빠 들과 마주칠 때면 시선이 오래 머물렀다.

"저 언니는 왜 울고 있는 거기?"

"누구?"

"저기에."

대부분 졸린 표정으로 죽음을 따라 걷는 이들 사이에서, 한 언니만 유독 서럽게 울고 있었다. 저대로 영원히 울 것처럼. 사라지고 나서도 한동안 언니의 울음소리가 여기에 남아 있을 것 같았다.

처음 보는 사람이었지만 어깨를 토닥여 주고 싶다는 생각이 들었다.

"아아."

내가 가리킨 언니를 바라본 고양이가 혀를 쯧 찼다.

"걱정하지 마, 그 남자애들은 전부 벌 받을 거야. 함부로 남을 촬영하고 괴롭힌 놈들은 다 험악하게 끝나. 무죄 판결을 받더라도 좋게 끝낼 수는 없지."

우리는 너무 이르게 가야 하는 사람들을 계속 스쳐 지나갔다. 사라지고 있는 사람들 사이에서 한참 걷다 보니 익숙한 곳까지 와 버렸다. 걸음을 멈추자 죽음이 곁에 다가와 섰다.

"여기는……."

내가 다친 자리였다.

"우리는 지금 죽음의 문턱에 와 있어."

고양이가, 죽음이 말했다.

"뭐 남기고 싶은 말 있어?"

나는 망설이다가 입을 열었다.

"다음에도, 엄마 딸로 태어나고 싶어. 이번에는 너무 짧았잖아."

아무래도 엄마에게 직접 말했으면 좋았을 테지만.

"그동안 고마웠다고 말하고 싶어. 그리고……."

나는 고개를 숙였다.

"엄마가 영원히 보고 싶을 거야."

엄마는 지금 뭘 하고 있을까. 아직도 병실을 지키고 있을까. 나는 여기 있는데, 죽음과 함께 여기에 있는데.

포뢰 생각도 났다. 그다지 친한 사이는 아니지만 어쩐지 그 작고 눈물 많은 용이 각별하게 느껴졌다. 오래 알고 지낸 친구처럼.

"포뢰한테도 고맙다고 전해 줄래?"

"그럴 필요 없어."

"응?"

"옆에서 듣고 있으니까."

나는 놀라서 두리번거렸다.

눈에 익은 작은 범종이 거짓말처럼 고양이의 발치에 놓여 있었다.

"최수완!"

포뢰가 아래에서 외쳤다

"포뢰야!"

나는 무료를 급히고 앉아 지은 응을 안이 들었다.

"여긴 어떻게 왔어?"

"나는 용의 아들이니까."

그 말에 고양이가 못 말린다는 듯 살짝 고개를 저었다.

"준비됐어?"

포뢰가 나지막하게 물었고 나는 차마 그렇다고 대답하지 못했다.

"나는 수원 화성행궁 쪽 고미술 경매장에서 너희 엄마를 만났어."

포뢰가 말했다.

"그날 이후 쭉 너희 집에, 최수완 네 방에 살면서 우는 일이 별로 없었는데…… 당분간은 눈물이 많이 날 것 같아."

"여기는 고래도 없는데?"

"고래가 없어도 나는 잘 우니까. 너도 이제 잘 알잖아."

포뢰가 자랑하듯이 말해서 나는 그만 소리 내어 웃고 말았다. 그러면서 속으로는 나의 지난 시간들을 돌아보았다.

성적도 보통, 운동 실력도 보통, 눈에 잘 띄지 않는 평범한 외모. 마구 활기차진 않아서 가끔 우울에 잠기는 성격. 갈수록 말수가 적어지는 바람에 가볍게 스치는 학원 친구들이나 선생님들에게 조용한 아이로 기억되는 사람.

학원에 가기 싫을 정도로 지치거나 힘든 날이면 가까운 친구에게 너 힘내라고, 다 잘될 거라고 뜬금없는 문자를 보내는 사람이 바로 나였다.

그러고 보면 나 제법 다정한 사람이었잖아? 아주 나쁘게 살지는 않았네.

"괜찮아?"

포뢰가 물었다.

"괜찮냐고?"

나는 멍하니 되물었다.

그동안 나는 행복했나? 즐거웠던가? 생각해 보니 그럭저럭 괜찮았던 것 같기도 하다. 엄마와 자주 싸웠지만 그건 어쩌면 우리가 더 친해지고 가까워지기 위한 일종의 시험이었을지도 모른다.

"돌아갈까?"

이런저런 생각으로 정신없을 때 고양이가 말했다.

"그래."

잠시 후 정전기가 튄 듯한 느낌이 들었다. 나는 움찔하며 고개를 숙였다. 두 발로 선 고양이가 내 무릎에 한 발을 기대고는 나머지 한 발을 뻗어 나의 손끝을 만지고 있었다. 그러더니 "오호……" 하는 이상한 소리를 내며 뚫어져라 올려다보았다.

"너, 운이 좋구나."

이제 와서 운이 좋다니, 그게 다 무슨 소용이람.

나는 허탈한 얼굴로 고양이와 포뢰를 번갈아 보았다. 그 순간 고양이가, 조용히 웃었다. 조그만 송곳니가 보였다가 사라졌다. 포뢰 역시 가뜩이나 커다랗고 부리부리한 눈을 동그랗게 뜨며 "오호라!" 했다.

왜들 이래.

웬일인지 기분 좋아 보이는 포뢰와 죽음 사이에서 나는 혼자 엉거주춤하게 서 있었다.

"왜? 무슨 일인데?"

"이제 돌아가자."

고양이가 앞장서서 걸었고 나는 포뢰를 품에 안은 채 그 뒤를 따랐다. 포뢰가 빤히 쳐다보는 게 느껴졌지만 앞만 바라보며 걸음을 옮겼다.

병원으로 돌아가는 길은 아주 짧았다.

5

그리하여 다시 병원이다.

언제 돌아와 누웠나 싶게 병실 침대에 누운 채 눈을 떴다. 창틀에 앉아 창밖을 내다보고 있던 고양이가 나의 기척을 듣고 고개를 돌렸다. 죽음은 아무 말도 하지 않았고 우리는 한동안 서로를 바라보기만 했다.

124

갈까? 하는 눈빛을 보니, 이제 정말 가야 할 때가 왔나 보다. 포뢰는 그새 어디론가 사라져 있었다. 배웅해 주길 바란 건 아니었지만 허전했다.

나의 끝은 아주 조용하구나. 되게 쓸쓸하구나.

나는 꾸물거리며 일어났다. 침대에서 내려와 병실 문으로 걸어갔다. 똑바로 걷고 있는데도 흔들리는 기분이 든다. 몇 걸음 떼지도 못하고 슬쩍 돌아보았다. 마지막으로 엄마를 실컷 보고 싶었다.

잠깐 늦어져도 괜찮겠지. 이 정도 여유쯤은 봐주겠지. 여기에서 사라지면 엄마와는 영영 이별이란 걸 아니까 욕심이 생겼다.

엄마는 여전히 나의 손을 붙잡고 있다. 여기 있는 내가 아닌, 거기 누워 있는 나의 손을.

"수완아."

그때 엄마가 나를 불렀고 나는 깜짝 놀라 움찔하고 말았다.

"최수완."

엄마가 나의 손을 잡고 힘 있게 중얼거렸다.

그건 어쩌면 사라지지 말라는 마법의 주문이었을까. 나를 여기 붙잡아 두는 강력한 주술 같은 거였을까. 이름을 불렀으니 다시 그 이름을 갖고 살 수 있을지도 모른다는 생각이 머릿속을 스쳤다.

나는 손끝에 힘을 줬다.

어쩌면 더 살 수 있지 않을까. 아직 시간이 남은 거 아닐까. 나는 아직 끝나서는 안 된다. 그러니 내가 미룰 수도 있는 거다. 그래도 되지 않나.

나는 잔뜩 부푼 마음으로 고양이를 바라보았다. 죽음과 눈이 마주쳤다. 에메랄드색 눈동자가 더욱 진해진다. 상냥하진 않더라도 귀여운 얼굴을 한 죽음이 수염을 바르르 떨었다.

"그렇군."

한숨을 내뱉은 죽음이 앞발로 세수를 하기 시작했다. 그러고는 이윽고 생각을 정리했는지 느리게 입을 열었다.

"최수완."

바닥으로 사뿐히 뛰어내린 죽음이 꼬리를 살랑였다.

"정말 다시 살고 싶어?"

"다시 살고 싶어."

"엄마가 걱정돼서 그래? 남겨지는 사람들이 걱정되는 건 떠나는 사람이 갖는 당연한 마음이야."

죽음이 말을 이었다.

"너희 엄만 너 없이도 살 수 있어. 얼마간 많이 힘들겠지만."

"나도 알아."

나는 기운 없이 발끝만 보았다. 죽음의 말이 다 맞았다. 엄마는 결국 잘 지낼 것이다. 강한 사람이었으니까. 아마도 경기도에서 제일 씩씩한 사람이었으니까.

엄마가 힘들더라도 조금만, 아주 조금만 힘들기를 바랄 뿐이다. 나로 인한 상실감을 엄마가 금방 다른 것으로 채우기를. 언제나처럼 옛날 물건들을 모으고 그것들을 살피며 부지런히 행복하기를. 빈자리 없이 꽉 찬 행복을 느끼기를 바랐다.

하지만······.

나는 입술을 깨물었다.

다시 살고 싶다. 아직 끝나고 싶지 않다. 그렇게 생각하자마자 어느 순간 나는 다시 침대에 눕혀져 있었다. 누군가 나를 눕힌 것 같은데, 그게 누구인지는 알지 못해 어리둥절한 심경으로 천장을 올려다보았다.

"네가 정 그렇다면."

내 가슴 위로 뛰어 올라온 죽음은 어느새 자세를 잡고 편히 앉은 채였다.

왜 갑자기 내 위에서 식빵을 굽는 거냐고 묻고 싶었지만 진짜 고양이가 아닌 죽음이 뭐라 대답할지 알 수 없어 입을 다물었다.

가슴에서부터 배까지 널찍하게 온기가 전해진다. 어떤 따스함이 온몸으로 퍼져 나가는 게 느껴졌다.

이상하다. 죽음은 차갑고 어두운 존재가 아니던가. 여러 이야기와 방송에서 만난 죽음의 이미지는 이런 게 아니었는데. 되게 냉정하고 매몰찼는데. 혹시 고양이의 모습을 하고 있어서 따뜻한 걸까?

"어······ 나 어떻게 된 거······."

말을 다 잇지 못한 이유는 갑자기 잠에서 깬 듯한 느낌이 들었기 때문이다 언제 눈을 감은 걸까 아니 그보다 이게 정말 나의 마지막이라고? 이상하다고 생각하며 눈을 뜨자 빛이 보였다.

눈이 부셨다.

그리고 엄마와 눈이 마주쳤다.

"수완아!"

엄마의 미소가, 그 안에 담긴 행복이 어느 때보다 가까웠다. 의사 선생님을 부르러 가는 엄마의 뒷모습을 볼 때, 어떤 종소리가 들렸다. 그건 아마도 세상에서 가장 우렁차고 아름다운 소리. 이제는 익숙한 그 소리가 귓바퀴를 타고 부드럽게 맴돌았다.

나는 천천히 미소 지었다.

안녕, 어서 와, 종소리가 말하는 것 같았다. 조금 장난스러운 웃음기를 머금고서.

호박마차

"도깨비 놀기 좋은 날씨네."

여자가 중얼거렸다.

붕어빵이 다 익기를 기다리던 윤희는 멍하니 고개를 들었다. 목장갑 낀 손으로 붕어빵 틀을 뒤집은 주인 여자가 여분의 LPG 가스통을 확인하며 말을 이었다.

"한동안 녀석들 노느라 시끄럽겠어."

도깨비 놀기 좋은 날씨라. 날씨를 두고 하는 옛말이야 셀 수 없이 많겠지만 그건 처음 들어 보는 말이었다.

포장마차 천막 밖으로 눈길을 돌린 윤희는 하늘을 올려다 보며 이대로 영원히 비가 내릴 것 같다고 생각했다. 아침부터 안개가 짙고 어둑하더니 겨울비가 내리기 시작했다. 해가 지기 전인데도 밤처럼 어두운 걸 보면 확실히 뭐라도 튀어나올 것만 같은 날씨다.

포장마차 한편에 세워 둔 보리색 장우산 아래로 빗방울이 고였다. 차라리 눈이 내리지. 아쉬운 얼굴로 비 오는 걸 지켜보던 윤희는 휴대폰을 확인했다. 뭐 해. 수진에게서 카톡이 와 있었다.

윤희는 조금 망설이다가 메시지를 입력했다. 매일 먼저 안부를 물어보고 염려해 주는 친구에게 이제는 마음을 열 수 있을 것 같았다.

간식 사러 나옴.

답장을 전송하자, 붕어빵 틀을 뒤집으며 여자가 물었다.

"학생, 그 말 들어 본 적 있어요?"

"네?"

"대동강 옆 보통문 쪽에 도깨비들 아지트 있는 거. 거기 완전 만남의 장이야."

별 이상한 소리를 다 듣는다고 생각하면서 윤희는 모나지 않게 적당히 대꾸했다.

"지금도요?"

"지금은, 아지트까진 못 되지. 시대가 바뀌었으니까."

아아, 네, 하고 대화를 끝낼 수도 있었지만 그러지 않았다.

"그럼 요샌 어디서 만나는데요?"

"음. 저런 데서 만나요, 주로."

붕어빵이 담긴 종이봉투를 내밀며 여자가 고갯짓으로 윤희의 뒤를 가리켰다. 설마 하는 마음으로 윤희는 눈썹을 찡그렸다. 진짜?

"여기요? 하천에서 만나요?"

"그냥 하천이 아니라서."

보라색 반지갑을 뒤적인 윤희는 비상용으로 넣어 놨던 천원짜리 지폐를 꺼내 내밀었다. 체크카드는 경찰서에서 잃어버렸는지 보이지 않았다.

"서비스로 붕어빵 하나 더 넣었어요."

여자가 윙크하며 말했다. 턱까지만 오는 짧은 머리가 잘 어울리는 여자는 아마도 오십 대 중후반쯤. 오른쪽 눈 아래 눈물점 때문인지 강인하면서도 순한 인상을 풍겼는데, 하는 말마다 수상했다.

"물 흐르고 수풀도 많고…… 마침 또 밤이고. 도깨비가 모여들 조건이죠."

하천을 따라 잘 가꾸어진 산책로를, 주인 여자는 마치 화재 현장 보듯 쳐다보고 있었다.

그래서요,라는 물음이 맴돌았지만 그 말을 입 밖으로 꺼내는 대신 윤희는 꾸벅 인사를 했다. 동네 붕어빵 장수의 기이한 말을 감당할 만큼 느긋한 성격이 아니었다.

"안녕히 계세요."

재빨리 포장마차를 벗어나 걷다가 슬쩍 돌아보았다. 천막 아래로 조그만 나무 현판이 보였다. 거기 투박한 손글씨로 적

혀 있는 '호박마차'가 새삼 눈길을 사로잡는다.

신데렐라와 요정 대모, 생쥐들 따위가 떠오르는 이름을 가졌으나 지극히 평범하고 허름한 포장마차였다. 도깨비니 호박마차니 이상한 말을 들었지만, 그날 이후로 고장 난 시계를 끌어안고 사는 윤희에게는 별로 와닿지 않는 이름이었다.

횡단보도 앞에 선 윤희는 붕어빵 봉투에 코를 대고 쿵쿵거렸다. 고소한 냄새에 못 이겨 붕어빵 하나를 꺼내 베어 물자 뜨거운 팥소가 비어져 나왔다.

달다.

그리고 오싹하다.

조금 전에 스치듯이 본 광경이 있잖아, 하면서 윤희를 부르는 것 같았다. 오늘따라 하천의 물빛이 까맣다. 빗방울이 떨어지는 수면 아래에 뭔가 있기라도 한 것처럼 쉴 새 없이 출렁였다. 윤희는 붕어빵을 천천히 우물거리며 걸었다.

걷다가 어라, 하고 속으로 중얼거렸다. 잘못 봤나 싶었다. 지금 막 거무스름한 무언가가 빗줄기 사이로 연기처럼 아른거리기 시작한 것을. 희지는 않고 검기만 한 저 뿌연 움직임은 동물이나 사람의 형상을 한 기묘한 존재가 아니라 단지 공기의 흐름일 뿐이겠지.

집에서만 한 달 가까이 지내다 나왔으니 잘못 봤을 수도 있다. 오랜만의 외출이었기 때문에 바깥 환경이 낯설게 보이는 거라고 생각하며 윤희는 걷는 속도를 좀 더 빨리했다.

28일. 그리고 29일째에도 집에 머물 수 있었다. 조금 더 버텨 기어이 한 달을 채워 보려 했으나 배달 음식만 먹고 살 수는 없는 노릇이라 외출을 결심했다. 고모네 냉장고를 괜히 열었다 닫는 일도 더는 못 할 짓이어서 망설인 끝에 머리를 감고 외출 준비를 했고, 그 결과 지금 홀로 걸으며 붕어빵을 먹고 있다.

집 밖으로 나오는 일이 왜 이렇게 어려워졌을까. 죽을 때까지 어려우면 어쩌지. 추신 없는 편지를 읽는 것처럼 앞으로 살날이 조금도 기대되지 않는다고 여기면서도, 윤희는 매번 큰마음을 먹고 집을 나서야 할지도 모른다는 생각이 들자 걱정이 앞섰다.

밤에는 잠을 청하기 무섭게 악몽을 꾸곤 했다. 아무리 물을 챙겨 마신다 해도 물방울 하나 없이 무미건조한 시간만 늘리고 있는 처지는 변함없어서, 이 불행의 패턴이 지겨워졌다.

즐겨 하던 PC 게임에서 채팅을 하며 가까워진 달콤엔젤93. 그럼 우리 만나서 같이 놀까. PC방 갔다가 밥이라도 먹을까. 내가 쏠게. 채팅창을 채우던, 당시에 꼭 붙잡고 싶었던 타인의 온기. 모텔이라는 네온사인이 눈엣가시처럼 박혀 들던 밤. 커다란 침대. 달콤이라든가 엔젤과는 거리가 먼 넥타이. 용돈이야, 하면서 다정히 웃던 달콤엔젤93. 경찰 단속에 걸리고 만세 번째 밤. 학생이 자발적으로 만난 거면 합의를…… 아니일단 법이 바뀌었다고는 하는데 학생의 경우는 성착취가 아니라 성매매에 가까워서…… 참 그리고 부모님께 알려야 하는데 연락처 좀 불러 준래. 말을 걸며 드문드문 눈을 맞춰 오던 경찰. 생활질서과 누구누구라고 소개했던가. 아니 여성청소년계였나.

그런 밤들이 여태껏 이어지는 와중에 오랜만에 외출을 결심한 것인데, 잘한 건지 잘 모르겠다.

윤희는 야구 모자를 깊이 눌러썼다. 청바지에 회색 반집업 맨투맨과 검은 패딩을 입고 현관문을 나섰다가 도로 집으로 들어가 챙겨 쓴 야구 모자는, 오래전에 응원하기를 포기한 구단의 로고가 박힌 거였다.

이제는 누군가를 열렬히 좋아하거나 응원할 힘이 없었다. 그러니까 시계가 고장 나고 만 것이다. 좋았다가 나빴다가, 슬펐다가도 다시 기뻐지는 식의 삶의 리듬 같은 게 회복되지 않았다. 아무리 기다려도 예전처럼 살 수 없었다.

나 자신이 밉고 싫은 날들 속에서 겨우 기어 나온 윤희의 머릿속에 어느 순간 호박마차가 떠올랐다.

그 여자가 처음 말을 걸었을 때부터 알 수 있었다. 참 이상하고 신비로운 사람이라는 것을. 어쩌면 외로움과는 거리가 먼 특별한 사람이라는 것을.

호박마차는 호박마차처럼 생기지 않았다. 이름만 호박마차일 뿐 길에서 흔히 볼 수 있는 포장마차였다.

붕어빵과 떡볶이, 어묵을 파는 호박마차는 생태 하천이 비교적 잘 보이는 육교 아래 자리를 잡고 있었다. 꽃과 잡풀이 무성한 영진천의 산책로가 한눈에 들어오는 곳이었다.

영진천은 걷기 좋은 산책길로 유명했다. 아파트 단지 쪽으로 조금만 올라가면 다양한 운동 기구들이 설치돼 있어 인근 주민들이 많이 찾았고, 윤희 역시 종종 영진천의 물길을 따라 걸으며 스트레스를 풀곤 했었다.

그때가 먼 옛날 같다. 너무나 아득해서 이번 생에 일어난 일이 아닌 것 같다고 생각하며 넋을 놓은 채 걷던 날이 있었다. 그러니까 28일 전, 청소년인권센터 활동가라는 중년 여자와 다시 경찰서에 들른 날. 그날 집 근처까지 데려다주겠다는 친절을 만류하고 혼자 영진천으로 향하고 있었는데, 호박마차의 주인 여자가 불러 세웠다.

— 저기, 학생.

윤희가 의아한 얼굴로 돌아보자 여자가 말했다.

— 요새 악몽 꾸는구나?

윤희는 바로 말을 잇지 못했다. 어떻게 알았을까. 누구에게도 말하지 않은, 친구인 수진에게조차 털어놓지 못한 꿈의 종류를 처음 보는 이 여자가 어떻게.

놀라 굳은 윤희를 바라보며 여자가 말했다.

— 빗자루를 치우면 돼. 그러면 꿈자리가 다시 괜찮아질 거예요.

— 빗자루요?

— 학생 집에 낡은 빗자루 있지 않아? 싸리 빗자루 같은 거 그거 그냥 빗자루 아니에요.

존댓말과 반말을 섞어 쓰며 여자는 어린아이에게 동화책을 읽어 주듯이 말했다.

— 배고파서 그래. 게네들이 굶주리면 구제불능이거든요.

'게네들'이 누구인지 조금 궁금했지만 윤희는 더 이상 묻지 않았다.

사람들에게 시달리고 돈에 쪼들리다가 급기야는 미친 사람의 눈에 띄었구나. 멍한 가운데 웃음이 나왔다. 곧장 고모네 집으로 돌아간 윤희는 포장마차 주인 말대로 거실 베란다 수납장에서 먼지 쌓인 빗자루 하나를 발견할 수 있었다. 집 안이 아닌 외부에서 사용할 법한 싸리 빗자루였고, 그것을 버리고 온 날 밤 윤희는 오랜만에 악몽을 꾸지 않았다.

그렇다고 해서 꿈을 아예 안 꾼 건 아니었다. 그날 꿈에 누가 나왔더라. 인권센터 활동가였던가. 학생은 선도해야 할 대상도 범법자도 아님을 잊지 말라고 말했을 것이다. 당연히 보호받아야 할 사람이니 경찰서에서 무슨 말을 들었던 간에 무너지면 안 된다고.

마침 겨울 방학이었기 때문에 윤희는 방에 틀어박혀 지냈다. 그러다가 모처럼 집 밖으로 나와 호박마차로 향한 거였다.

토요일 늦은 저녁, 도깨비 놀기 좋은 날씨에.

집으로 돌아온 윤희는 책상 위에 둔 노트북을 뚫어져라 쳐다보다 충전기를 뺐다. 그러고는 떨리는 손으로 노트북을 집어 던졌다.

만날래?

다음날 아침 수진에게서 새로운 카톡이 와 있었다.

ㅇㅇ 오늘 봐. 말 나온 김에.

오늘이 아니면 또 기약 없이 만남이 미뤄질 수 있다는 생각이, 샤워를 하고 외출 준비를 할 수 있게끔 도와주었다. 한 시간 후 도서관 근처 공원으로 향한 윤희는 아는 얼굴이라도 만날까 싶어 긴장했다. 굳은 얼굴로 정면만 바라볼 때였다.

"요."

하면서 어깨를 치는 손이 있었다. 돌아보자 남색 코트를 입은 수진이 씩 웃어 보였다.

"오랜만이다?"

옆자리에 털썩 앉은 수진이 평소처럼 장난스럽게 어깨를 톡톡 쳤다.

"그러게."

"얼굴 좀 자주 보여 줘, 응?"

"봐서."

수진은 곰돌이처럼 귀여운 아이로, 2학기 체육 시간에 짝이 되어 자이브를 추다가 가까워진 친구였다. 갑자기 친해진 것

치고 단기간에 많은 비밀을 나누게 된 사이였다.

그 일이 있기 전까지 수진은 크고 작은 비밀을 털어놓곤 했다. 비밀을 털어놓는 건 수진이 애정을 표현하는 방법 중 하나였는데, 다행히 알고 있기에 벅차거나 불편한 사실을 꺼내 보인 적은 없었다. 수진이 공개하는 비밀이란 대개 주머니에 넣고 다닐 수 있을 만큼 작았다.

예를 들면 '나는 겨드랑이 아래에 사마귀가 있어. 왕 큰 사마귀'라는 비밀, 그 정도는 충분히 속에 얹고 다닐 만했다.

문제는 윤희의 비밀이었다. 절친의 비밀이 쌓일수록 윤희 역시 속엣말을 꺼내 보이고 싶어졌고 결국 겨울 방학이 시작되기 전에 같이 집으로 가는 길에 털어놓고 말았다.

나 얼마 전부터 고모네서 살고 있어. 집을 비워야 해서. 아빠는 바로 해결할 수 있는 일이라고 했는데 틀려먹은 것 같아. 어쩌면 대학교는 못 갈지도 몰라. 등록금 낼 돈이 없거든.

윤희의 비밀을 듣고 나서 수진은 한참 동안 침묵했다. 할 말을 찾는 듯하던 수진은 어떡해, 많이 힘들겠다, 속삭이듯이 말하고는 등을 토닥여 주었다. 위로를 받는데도 어째선지 외로운 기분이 들었다. 수진과 헤어지고 나서 집으로 돌아온 윤희는 습관처럼 노트북 전원을 켰다. 그리고 늘 하던 PC 게임에 접속했고, 같은 서버에서 만난 달콤엔젤93과 채팅을 하다가 충동적으로 게임 바깥에서 만나기로 약속을 잡았으며…….

그거 다 도깨비 때문이었나.

춤추거나 씨름하기 좋아하는 유쾌한 도깨비 말고, 제멋대로 해를 끼치는 사악한 도깨비 때문에 불행이 연달아 닥쳐왔던 걸까. 생각에 잠겨 있는 윤희를 현실로 불러들인 건 수진의 따뜻한 손이었다.

"윤희야."

마주친 두 눈에 언뜻 물기가 고인 듯해서 윤희는 얼른 시선을 피했다.

"그때…… 미안해. 지금도 미안해."

수진이 조심스럽게 사과했다.

"너 그대로 집에 보내는 거 아니었는데. 같이 있어 줬어야 했는데."

그 말을 들으며 윤희는 조금쯤 고개를 끄덕이며 원망하고 싶은 마음을 참아 냈다. 맞아. 그날 너 나를 혼자 두지 말았어야지. 그렇게 도망치듯이 집으로 가지 말았어야지. 엉뚱한 분노가 수진에게로 방향을 틀 뻔해서 윤희는 눈을 감았다 떴다.

"아니야."

수진의 잘못이 아니었다. 윤희는 고개를 세차게 저었다.

"나 이제 괜찮아. 센터에서도 많이 도와주고 계셔. 호박마차 아줌마도."

거기까지 말하던 윤희는 망설이다가 말을 이었다.

"호박마차 아줌마 말이야. 그분이 이상하게 도와주셨어."

"거기, 포장마차 말하는 거야? 붕어빵 파는?"

"응."

"그 아줌마가 어떻게?"

묘해지는 수진의 표정을 보던 윤희는 에라 모르겠다, 하는 마음이 되어 물었다.

"붕어빵 먹으러 갈래?"

수진이니까, 다른 누구도 아닌 수진이니까, 유명 곰돌이 캐릭터보다 다정한 이 녀석에게 모든 이야기를 털어놓고 싶어졌다.

"그분 있잖아."

윤희는 주변을 의식해 목소리를 낮췄다.

"도깨비를 볼 줄 아는 것 같아."

"뭐?"

수진이 얼떨떨하게 되물었다.

윤희는 진지한 얼굴로 도깨비, 하고 고개를 끄덕였다.

그렇게 해서 호박마차가 있는 영진천 쪽으로 걸어갔다. 설마 하는 얼굴로 따라오면서 수진은 자꾸 물었다. 아까 농담이었냐고, 혹시 놀리는 거라면 가만두지 않겠다고 말하면서도 걱정하는 눈빛으로 윤희를 살폈다.

"아, 어서 와요."

호박마차에 도착하자 주인 여자가 기다렸다는 듯이 웃으며 반겼다.

142

"뭐 줄까?"

"붕어빵 두 개는 먹고요. 이천 원어치 포장도 해 주세요."

윤희가 지갑을 꺼내며 말하자 수진이 어, 내가 낼게, 하고 외쳤다.

"다음에 사 줘."

금융 앱으로 결제하려는 모양인지 다급히 휴대폰 화면을 켜는 수진의 손을 잡아 내리며 윤희는 여자에게 지폐를 건넸다.

"그나저나."

여자가 붕어빵 틀을 빠르게 뒤집으며 말을 걸었다.

"아직도 잠을 잘 못 자고 있네, 학생?"

곁에서 수진이 어깨를 살짝 움츠리는 걸 느낄 수 있었다. 윤희는 여자의 눈을 똑바로 바라보며 고개를 끄덕였다.

"네, 빗자루를 버려도 소용이 없더라고요."

여자는 양해를 구하는 것처럼 수진을 한 번 바라보았다. 다음에 꺼낼 말을 다른 사람이 들어도 되겠냐는 듯이.

"아. 전 상관 말고 편하게 얘기 나누세요."

분위기를 읽은 수진이 얼른 대답하자, 여자가 빙긋 웃어 보였다.

"······아무래도 학생한테."

두 사람을 번갈아 살핀 여자가 사뭇 진지한 얼굴로 입을 열었다.

"외로움을 먹으며 사는 도깨비가 붙은 것 같네."

"네?"

"그거 해결하지 않으면 빗자루가 계속 떠돌아다닐 거야. 거기 붙은 놈도."

그렇게 말한 여자가 또 다른 비밀스러운 이야기를 시작했다.

특별히 밤을 기다린 적은 없었지만 오늘은 다르다.

고모네 식구들이 잠든 밤. 윤희는 여자가 당부한 대로 바로 잠들지 않았다. 자정이 넘은 걸 확인하고는 최대한 소리 죽여 방문을 열었다.

고모부가 거실에서 TV를 켜 놓고 잠들어 있었다. 소파에 모로 누운 고모부의 손에 리모컨이 쥐어 있었고, 조용히 그것을 빼낸 윤희는 TV 전원을 껐다. 곧이어 집에 정적이 흘렀다. 거실의 전등마저 끈 윤희는 이제 휴대폰 불빛에 의지해 베란다로 향했다.

숨을 죽이고 수납장의 문을 열자 공기의 흐름이 즉시 바뀌었다. 창문을 닫아 놨음에도 바람이 분 듯한 느낌이 들며 목덜미가 서늘해졌다.

무언가를 발견한 윤희의 눈이 커다래졌다. 분리수거장에 버리고 왔던 싸리 빗자루가 수납장 안에 비스듬히 눕혀져 있었다. 어, 하며 물러난 윤희는 등골이 오싹해지는 걸 느꼈다.

분명 그 빗자루였다. 윤희는 인상을 쓰며 싸리 빗자루를 움켜쥐었다. 호박마차 주인의 단호한 눈빛이 떠올랐다.

잘 들어요 학생, 하고 말하던 여자의 눈동자에 언뜻 푸른 빛이 돌았었다.

그때 버렸던 빗자루가 도로 집에 있거든 너무 놀라지 말라고. 거기 깃들어 사는 놈이 심술을 부리는 모양이니 우선 자세히 살펴봐야 한다고 여자는 말했었다.

윤희는 빗자루를 유심히 보았다. 처음 발견했을 때처럼 먼지가 잔뜩 내려앉아 있었다. 그때였다. 등 뒤에서 그릇 깨지는 소리가 요란하게 났다. 놀라서 돌아보았지만 바닥에 떨어진 유리 파편 같은 건 없었다.

잘못 들은 걸까.

조금 춥다고 생각하는 그때 커튼 앞이 환해졌다. 누군가 호롱불을 들고 있는 것처럼 작은 불빛이 나타난 것이다. 마주 응시하듯이 가만히 정지해 있던 불빛이 오른쪽에서 왼쪽으로 움직였다.

처음에는 야구공만 하던 빛이 점점 몸집을 키우더니 배구공만큼 커졌다. 그것이 다가온다고 생각하자마자 빛이 갈라지면서 윤희를 삼켰다. 팔을 들어 눈가를 가린 윤희는 비명을 지르며 눈을 질끈 감았다.

한참 지나서 눈을 뜨자 어둠뿐이었다. 다른 데 간 줄 알았던 빛이 여전히 윤희의 앞에 떠 있었는데, 그것이 조금씩 움직이기 시작했다. 윤희를 맴돌던 빛이 따라오라는 듯 앞서 나아갔다.

"……여기가 어디지."

거실 베란다가 아닌 다른 곳에 서 있었다. 윤희는 미심쩍은 얼굴로 주변을 돌아보다가 불빛을, 도깨비불을 쫓아서 신중하게 걸음을 옮겼다. 어둠에 집어삼켜지기라도 한 건지 발소리가 전혀 울리지 않았다.

저 멀리 또 다른 빛이 보였다. 가까이 다가가니 등롱 대여섯 개를 천막 지지대에 매단 포장마차의 형체가 드러났다. 꿈을 꾸는 건가. 그렇다면 대체 언제 잠든 것이며, 어디서부터가 꿈인 걸까. 호박마차 주변을 재빨리 살펴봤지만 주인 여자는 보이지 않았다.

빛이 먼저 호박마차에 들어갔다. 잠시 멈춰 섰던 윤희가 포장마차로 들어서는 순간, 아담하고 허름하던 천막 안이 순식간에 넓어지면서 원목 테이블이 끝없이 펼쳐졌다.

"자, 마셔 마셔!"

"와하하하하! 이게 얼마 만의 만찬이야!"

곧 왁자한 소음이 정적을 깼다. 아지랑이처럼 흔들리던 형체가 뚜렷해지며 테이블을 가득 메운 손님들이 나타났다. 어린 여자아이부터 노파, 젊은 남자까지 다양했다. 그중에는 멀끔한 얼굴인 이들도 더러 있었지만, 머리가 산발이거나 낯빛이 파리한 이들도 많았다.

김이 모락모락 피어오르는 각양각색의 안주 앞에서 그들은 노래를 부르거나 시끄럽게 떠들어 댔다. 홀로 술을 마시는 이

146

가 있는가 하면 나 때는 말이지, 하면서 무리 지어 방망이 같은 것으로 테이블을 치며 웃거나 고함을 치는 이들도 있었다.

사람이 아니구나.

그들을 보며 윤희는 마른침을 꼴깍 삼켰다.

사람이 아닌 거야.

그 순간 바람이 불었다. 눈앞에 핏빛 입술이 가까이 다가와 있었다. 그 입술이 미소를 머금자 윤희는 숨이 턱 막혔다. 당장 자리를 박차고 일어나고 싶었지만 웬일인지 꼼짝도 할 수 없었다.

"네 외로움은 근래 먹은 것 중에 제일 별미더구나."

사람의 형체가 헝클어지며 킬킬거렸다.

"너는 보호받지 못해. 너는 혼자야. 죄인이야. 벌을 받아야만 해."

아니야. 아니야. 윤희는 정신없이 중얼거렸다.

불쾌한 웃음소리가 점점 커졌다. 물속에 잠긴 것처럼 몸이 흔들리더니 한순간 굉음과 함께 눈이 부셨다. 그리고 그것이 완전한 꼴로 나타났다.

역시나 사람이 아니었다. 다리가 하나밖에 없는 그것은 잔뜩 엉킨 머리카락을 길게 늘어뜨린 채 충혈된 눈으로 윤희를 내려다보았다.

보랏빛 혀를 내밀어 제 입술을 핥는 괴상한 모습을 보며 윤희는 도망쳐야 된다고 중얼거렸다. 거구의 외발 도깨비는 전

래동화에서 보던 장난이나 치는 도깨비로 보이지 않았다. 뒷걸음은 치는 윤희이 귓가에 또 다른 웃음소리가 메아리치기 시작했다.

누가 웃는 거지? 황급히 돌아보는 윤희의 눈에 반듯한 정장을 입은 달콤엔젤93의 모습이 아른거렸다.

안 돼, 하고 윤희는 신음처럼 내뱉었다.

저리 가.

도와줘. 제발 누가 나 좀 구해 줘.

주먹을 꼭 쥐었다. 그러모은 두 손이 부들거렸다. 버석하게 갈라진 마음의 틈마다 분노와 외로움이 스미기 시작했다.

"얘야."

도깨비가 웃었다.

"너는 안전하지 않아. 끝났어."

한 발로 깡충깡충 달려드는 그것은 기괴한 인형 같았다. 도깨비를 피하려던 윤희는 발이 걸려 넘어지고 말았다. 이러다 잡히겠어. 두 팔을 들어 얼굴을 가릴 때였다.

"거기까지."

누군가가 도깨비를 제지했다.

"더는 까불지 마렴. 이 애는 이제 안전하니까."

호박마차 주인의 뒷모습을 본 것 같다고 생각하며 윤희는 정신을 잃었다.

"괜찮니?"

눈을 뜨자 여자의 얼굴이 보였다.

어떤 기억을 잘랐다가 이어 붙인 기분이었다. 윤희는 깜빡이는 백열등 아래 누워 있었는데, 몸을 일으키면서도 지금 이 순간이 꿈만 같아 멍했다.

"어떻게, 어떻게 된 거예요?"

"안심해요. 그놈은 내가 처리했어."

소란스럽던 호박마차에는 여자와 윤희뿐이었다. 포장마차를 가득 채웠던 손님들은 모두 어디론가 사라지고 없었다.

"잘 데려왔어요. 예상대로 질 나쁜 놈이더라."

여자가 너그러운 말투로 말했다. 윤희는 그저 도깨비불을 쫓아 걸어온 것뿐이었지만, 여자가 계획한 대로 호박마차로 유인한 셈이라고 했다.

"……정말로, 사라졌어요?"

윤희가 떨리는 목소리로 묻자, 여자가 물컵을 쥐여 주며 고개를 끄덕였다.

"당장 떠나라고 했어요. 대동강을 건너가라고. 그러지 않으면 둔갑술을 빼앗아 버리겠다고."

고작 그런 말을 했다고 해서 순순히 물러가더냐는 물음은 끝내 꺼내지 못했다. 그렇게 묻는다면 도깨비를, 악독한 귀신을 협박할 수 있는 여자의 정체에 대해 묻지 않을 수 없을 테니까. 감히 도깨비의 신묘한 능력을 뺏을 수 있는 여자 역시 사람이 아닐 것이다.

수많은 궁금증은 누르고 윤희는 고개를 숙였다.

"고맙습니다."

도와주셔서.

도움이 꼭 필요할 때 혼자였던 순간들이 떠오르자 윤희는 갑자기 눈물이 나올 것만 같았다.

"이제 그놈이 귀찮게 하는 일은 없을 거예요."

여자가 말했다.

"당분간 기운은 좀 없겠지만 그래도 금방 회복될 테니 걱정 말고요. 붕어빵 먹고 가, 학생."

가스버너 앞에 선 여자가 열이 오른 붕어빵 틀에 반죽을 부으며 미소 지었다. 윤희는 멍하니 여자를 지켜보다가 입을 열었다.

"혹시…… 아줌마도 도깨비예요?"

어리숙한 그 말에 여자가 처음으로 소리 내어 웃었다.

"아니요, 난 그냥 도깨비는 아니고 비형 혈통. 도깨비 두목이라고 해야 하나?"

여자가 부지런히 붕어빵을 만들며 말을 이었다.

"거창한 건 아니고, 놈들이 모이는 곳마다 따라다니면서 관리 감독하고 있어요, 사람 상대로 사고 치지 않도록. 난폭하게 다루진 않아요. 어쨌든 그 녀석들 밥도 먹이고 술도 먹이니까."

말하자면 여자는 도깨비들이 모인다는 물가마다 찾아다니며 호박마차를 연다는 거였다. 여자는 도깨비가 붙은 윤희를 한눈에 알아보고 말을 걸었다고 덧붙였다.

"왜 절 도와주셨어요?"

"외로운 사람을 내버려 두면 쓰나. 더욱이 학생을."

　여자가 당연한 거 아니냐는 듯 웃었다. 그러면서 붕어빵을 종이봉투에 담아 건네주었다. 얼떨결에 그것을 받아드는 윤희에게 여자가 윙크해 보였다.

"서비스로 계란빵도 담았어요."

　그러면서 이제 안전하니 걱정하지 말라고, 건강히 지내면서 공부도 열심히 하고 우정이나 사랑도 잘 챙기라는 말을 했는데, 이상하게도 여자의 목소리가 점점 멀어지는가 싶더니 그대로 어둠에 잠겨 들었다.

　눈을 뜨자 익숙한 천장이 보였다.

　윤희는 멍한 얼굴로 벌떡 일어나 앉았다. 목덜미 부근이 늘어난 티셔츠와 트레이닝 바지. 익숙한 사촌 언니의 방 구조.

　얼빠진 얼굴로 두리번거리는데, 노크 소리가 들렸다.

"윤희야, 일어났니?"

　방문이 열리며 고모가 빼꼼히 고개를 내밀었다.

"일어났으면 나와서 밥 먹어라."

　꿈이었구나.

악몽도 길몽도 아닌 모호한 꿈의 여운에서 벗어나지 못한 윤희는 고개를 살짝 흔들었다. 침대에서 내려오는데 참, 하면서 고모가 말했다.

"느이 아빠한테 전화 왔었어."

"네?"

"사고 친 거 얼추 수습한 것 같더라. 이번 주말에 오겠대. 이따 다시 전화한댔으니까 기다려 봐라."

멈춰 있던 시계가 거짓말처럼 다시 움직이기 시작했다. 그날 이후로 미동도 하지 않던 시침과 초침이 제대로 작동하며 윤희를 깨우고 있었다. 눈만 깜빡이던 윤희는 재빨리 롱패딩을 껴입고 현관으로 달려갔다.

"윤희야! 아침도 안 먹고 어디 가?"

당황한 고모가 소파 옆에서 외쳤다.

"잠깐만 뭐 좀 확인하고 올게요!"

캔버스화를 구겨 신은 윤희는 엘리베이터가 올 때까지 기다리지 못하고 냅다 계단을 뛰어 내려갔다. 1층에 도착하자마자 전속력으로 달렸다. 공원을 지나서 영진천을 향해.

그러나 고맙다는 인사를 하러 달려간 곳은 텅 비어 있었다. 호박마차는 흔적도 없이 사라졌다. 그 자리에 한 번도 존재한 적 없다는 듯이.

윤희는 허탈한 웃음을 지었다. 호박마차 주인은, 이제 어느 동네 물가 근처에 천막을 쳤을까. 육교 아래 덩그러니 선 윤희는 영진천의 산책로 쪽을 바라보다가 빗방울을 맞고 고개를 들었다. 겨울비가 내리기 시작했다.

도깨비 놀기 좋은 날씨네.

여자의 목소리가 귓가를 맴도는 듯하다. 붕어빵과 계란빵을 솜씨 좋게 구워 내던 호박마차 주인의 이목구비가 이상하게도 잘 기억나지 않았다. 도깨비는 아니지만 도깨비를 부릴 수 있는 그 사람을, 맛있는 음식과 술을 베푸는 동시에 놈들을 다스릴 수 있다는 그 신비로운 비형 혈통의 여자를 떠올려 봤지만 기억나는 건 여자의 미소가 아주 아름다웠다는 어렴풋한 느낌뿐이다.

나는 이제 안전해.

차근차근 괜찮아질 거야.

안도하며 올려다본 하늘에서 빗줄기가 세차게 떨어졌다. 윤희는 홀가분한 마음으로 기꺼이 비를 맞았다. 오랜만에 외롭지 않았다.

우주장

토막 난 호흡이 눈앞에서 하얗게 부서진다. 잡풀이 우거진 가파른 언덕을 뛰어오르는 동안 몇 번이나 비틀거리며 넘어질 뻔했지만 그때마다 간신히 중심을 잡았다.

조금 전 땅을 짚었을 때 손목에서 뼈마디 부딪히는 소리가 난 걸 보면 최소한 접질렸거나 인대가 늘어난 걸 텐데, 지금 여기에 멈춰 서서 통증이 가라앉길 기다릴 여유는 없었다. 너무 급한 나머지 아픈 감각이 별로 와닿지 않는 덕분에 계속 도망칠 수 있었다.

어설픈 도망자 처지였으므로 일단 달렸다. 쫓아오는 인기척이 없는 게 반드시 좋은 징조는 아니었다. 정찰봇을 풀었다는 뜻일 테니까. 황조롱이나 진돗개의 외관을 딴 로봇은 소음을 내지 않고도 목표물을 추적할 수 있다고 들었다. 정찰봇의 추적을 오랜 시간 동안 피할 수는 없을 것이다.

잡혀서는 안 된다. 이 두망의 영역을 되도록 멀리까지 넓혀야 한다. 나는 턱 끝까지 차오른 숨을 어떻게든 조절하며 무거운 다리를 움직였다. 주머니에 손을 넣어 보니 할머니는 다행히 거기 그대로 있었다.

지금 할머니는 특수 제작된 유골 캡슐보다도 가볍다. 머리, 어깨, 무릎, 발 따위의 형체를 다 잃고서 보드라운 가루가 된 것이다. 아주 작아져 버렸지만 나는 알 수 있다. 느낄 수 있었다. 곁에 아직 할머니가 남아 있다는 것을. 떠나지 않고 줄곧 맴돌고 있다는 것을. 할머니를 유지했던 신체 기관이 더는 존재하지 않더라도 숨을 쉴 때처럼 나를 생각하는 마음을 멈추지 않고 있다는 것을 안다.

할머니를 훔쳤다. 처음 하는 일이지만 생각보다 잘 해낸 것 같다. 할머니를 코트 주머니 안에 감추고 화장터를 빠져나올 때는 운이 좋았다. 어른들이 한눈을 팔면 무슨 일이든지 할 수 있는 법이다. 엄청난 긴장감으로 손가락이 차가워졌지만 이를 악물고 도망쳤다.

이제 남은 시간이 별로 없다. 서둘러야 했다. 할머니는 곧 가루보다 더 작아질 것이다. 너무 늦기 전에 할머니의 소원을 들어주고 싶다는 열망이 바람처럼 나를 떠밀었다. 실패한다면 나는 아마 스스로를 오래 미워할 것이다.

벌어진 입술 사이로 거친 숨이 들락날락했다. 갈증을 느끼는 것과는 또 다른 느낌으로 목이 타들어 갔다. 심장이 머릿속에서 뛰는 기분이었다. 잠깐 쉬었다 갈까. 아니, 그래서는 안 된다. 여기서 잡히면 할머니는 영영 따분하고 답답한 곳에 갇힐 거다. 그토록 원했던 여행을 끝내 떠나지 못한 채.

한참을 뛰다가 걸었다. 땀이 마를 틈 없이 부지런히 이동했다. 더 멀리, 더 먼 곳으로 가야 했다. 갈 곳이라고는 역시 거기뿐이다.

오솔길을 지나 언덕 위로 오르자 커다란 느티나무 한 그루가 보였다. 나무에 기대앉으며 나는 유골 캡슐을 주머니에서 꺼내 들었다. 손바닥에 올려놓은 흰색 캡슐이 조금 따뜻해져 있었다. 어쩐지 할머니가 아직 살아 있는 것만 같아 두근거리기 시작했다.

할머니, 하고 불러 봤지만 들려오는 대답은 없었다.

죽음이 저기 있다. 아마도 열 발자국 안에.

가까이 있어서 그런가, 아주 잘 보였다. 태어나 처음 보는 죽음이었다. 영화나 소설책에서 본 대로 죽음은 과연 난폭했다. 쇠약해진 할머니를 한시도 가만두지 않았다. 보이지 않는 손으로 할머니를 뒤흔들고 있다는 걸 알 수 있었다. 할머니를 똑바로 통과해 버린 병은 힘이 무척 셌는데, 할머니의 표현대로 말하자면 아주 천하장사였다.

뱃살이 많지만 아담한 할머니는 병의 무지막지한 기세에

떠밀려 넘어져서는 일어나지 못했다. 홀로 과일 가게나 수영장에 다녀올 정도로 건강하던 날들이 거짓말 같았다. 어제나 생기 넘치던 할머니가 무너지는 걸 보면서 나는 내 가슴속 어딘가도 덩달아 주저앉는 걸 느꼈다.

처음 할머니가 쓰러졌다는 소식을 들었을 때 나는 침대에 누워 있었다. 막 잠에 빠져들 무렵 전화벨 소리가 울렸는데 지금 생각해 보면 그날따라 날카롭게 들렸던 것도 같다.

전화를 받은 건 아빠였다. 네, 지금 갈게요, 옆에 있어요, 여보 받아 봐…… 하더니 엄마가 전화를 건네받는 소리가 이어졌다. 여보세요, 하는 엄마의 목소리는 무척 떨렸었다.

전화기 너머에서 기다리고 있던 소식을 어쩌면 엄마는 예감했던 걸까? 사람에게는 불행이 코앞에 왔음을 알아차리는 감각 기관이 따로 있는지도 모른다. 나 역시 잠결에도 불안했었으니까.

다음 날 알람에 맞춰 일어나니 집에는 아무도 없었다. 식탁에는 엄마가 쓰는 태블릿이 덩그러니 놓여 있었다. 나는 오늘이야말로 내가 살아 보지 않은 새로운 종류의 첫 번째 날이란 걸 알아차렸다.

그날이 온 것이었다. 즐거움, 때때로 짜증으로 흘러넘치는 그런 평범한 날이 아니라 짙은 파랑과 잿빛만이 어울리는 지독하게 외롭고 슬픈 날이. 태블릿 화면에 손을 대자 메모장에 미리 입력되어 있던 메시지가 나타났다.

— 은채야, 할머니가 돌아가실 것 같아.

나는 잠이 확 달아나는 걸 느끼며 엄마가 남긴 메시지를 다시 읽었다.

— 할머니가 돌아가실 것 같아.

태블릿 화면은 몇 초 후 다시 어둑해졌다. 나는 이상하다고 중얼거렸다. 눈물이 나오지는 않았다.

아침밥을 먹으면서는 할머니를 생각했다. 머릿속에 할머니의 얼굴이 떠올라 사라지지 않았다. 혼자서 세 자매를 키웠다는 용감한 할머니. 로봇 개를 사 달라고 조르는 나에게 그러마, 하고 다정히 웃어 주던 할머니. 언젠가 전화로 소리 지르는 내게 울먹이며 은채 네가 어떻게 나한테⋯⋯, 하던 할머니가 잇따라 떠올랐고 나는 이 모든 게 나쁜 꿈이거나 장난일지도 모른다는 희망을 손에 쥐고서 할머니의 전화번호를 눌러 보았다.

검사 결과 별거 아니라는 기적. 알고 보니 가벼운 감기처럼 차차 나을 수 있는 병이었다더라는 행운이 통화 연결음을 듣는 동안 내 안에서 그려졌지만 그것은 얼마 가지 않아 산산이 부서지고 말았다.

할머니는 전화를 받지 않았다.

할머니와 나는 유난히 사이가 좋았다. 처음부터 우리는 마음이 통했다. 할머니는 내가 사귄 최초의 친구이자 베스트 프

렌드였다. 우정 반지를 맞춰 낄 정도로 각별했던 할머니에게 나는, 내가 이다음에 자라 할머니가 됐을 때 함께 양로원에 가자고 조르곤 했다. 같은 시설에 머물면서 심심할 때마다 보드게임을 하거나 몰래 하와이안 피자를 시켜 먹자고 속삭이면, 할머니는 그거 정말 좋은 생각이라고 손뼉을 치며 좋아했다.

언젠가 주말에는 북유럽의 양로원을 검색해 보며 비행기표 가격을 알아보기도 했다. 우리의 미래를 그리며 환하게 웃던 할머니는, 손녀가 할머니로 자라는 걸 건강히 기다리기 위해 각종 영양제를 챙겨 먹고 헬스클럽 장기 이용권을 끊었다.

할머니의 근력이 늘수록 나는 키가 자랐다. 할머니의 주름이 깊어질수록 나의 뺨에는 불그스름한 뾰루지가 생겼다가 사라지기를 반복했다.

내가 태어난 날 누구보다 기뻐한 할머니는 이웃집에 꿀떡을 돌렸다고 한다. 할머니가 손녀딸의 등장을 축하하려고 제일 좋아하던 꿀떡을 돌린 건 두고두고 내 마음을 데워 주는 기억이다. 할머니가 내 생일마다 만년필로 써서 보내 주던 편지의 첫 문장은 언제나 똑같았다. 나의 꿀떡 같은 은채에게.

그런가 하면 내 방은 할머니가 사 준 장난감들로 가득해 놀러 온 친구들마다 하나같이 내 방을 장난감 천국이라고 불렀다. 은채 방에는 없는 게 없다고, 네 방이 내 방이었으면 좋겠다면서 감탄하는 애들이 많았다. 내 조그만 공간을 놀이터로 만들어 준 할머니와 사이가 틀어진 건 일 년 전이었다.

재혼을 앞둔 엄마에게 할머니는 몹시 화를 냈었다. 왜 그렇게 너 자신을 아끼지 않느냐고 할머니는 고함을 쳤었다. 너를 더 아껴야지, 누구보다 너를. 그 사람도 너무 별로야, 네가 아깝다, 하고 답답해하는 할머니의 목소리를 종종 듣던 때였다.

　엄마는 지금까지 두 번의 반대를 무릅쓰고 결혼했다. 막내 이모는 그런 엄마를 두고 용감한 사람이라고 했다. 특히 사랑 앞에서 용기 있는 사람이라고, 엄마의 용기는 주변에서 쉽게 만나기 어려운 수달이나 올빼미 같은 거라고 이모는 자랑스럽게 말했었다.

　평화주의자이던 막내 이모가 드물게 엄마 편을 들어 준 일. 그리고 할머니가 엄마의 사랑을 반대하는 일을 모두 이해할 수는 없었지만 그 당시 나는 사람이라면 누군가의 용기를, 그 단단한 마음을 존중해 줘야 한다고 생각했다. 그랬기 때문에 엄마의 결정을 나무라는 할머니가 낯설고 미워지기 시작했다.

　할머니는 엄마가 아무리 괜찮은 사람을 데려와도 마음에 들지 않을 게 분명했다. 엄마를, 자신의 자식들을 누구보다 큰사람으로 쳤으니까. 할머니가 보기에 딸들의 짝꿍으로 적당한 사람은 어쩌면 여기 지구에 없을지도 몰랐다. 아마 다른 별에서도 찾을 수 없겠지. 할머니 때문에 엄마가 가진 행복이 깎여 나가고 있다는 기분이 들었고, 씩씩한 엄마를 할머니가 마냥 움츠러들게 만든다는 생각이 날이 갈수록 커졌다.

　할머니는 엄마의 엄마이지만, 엄마는 나의 엄마였으므로 내가 엄마를 지켜 줘야 한다는 마음이 걷잡을 수 없이 부풀었다. 대형 풍선처럼 커져만 가던 불만이 터진 건 여름 햇살이 길게 비쳐 들던 어느 오후였다. 그날 나는 집으로 전화를 걸어 온 할머니에게 대뜸 신경질을 냈었다.

"은채 네가 나한테 어떻게 이럴 수가 있냐."

그날 할머니는 전혀 할머니 같지 않은 목소리로 말했었다.

"은채야, 네가 어떻게……."

내가 어떻게 할머니에게 소리를 지를 수 있었을까. 나의 가장 친한 친구에게, 어떻게.

그날을 잊을 수 없다. 아마도 그 순간을 평생 기억해야 할지도 모른다. 지우개로 지울 수 없는 볼펜의 흔적처럼 사는 내내 기억해야 할 것이다. 처음으로 우리가 서로에게 서운해한 그날을. 속으로 깊숙하게 다쳐 버린 그날을.

할머니에게 사과해야 했는데, 소리를 질러서 미안하다고 얼른 용서를 빌었어야 했는데 그러지 않았다. 그렇게 제대로 화해하지 못한 채 할머니를 떠나보냈고, 이제 할머니에게 사과할 방법은 단 하나밖에 남지 않았다.

우주장.

깜빡 잠이 든 모양이다. 나는 눈을 비비며 일어났다. 몸이 오슬오슬 떨려 온다. 할머니가 담긴 캡슐을 만져 보니 어느새 차갑게 식어 있다. 나는 반달이 환하게 떠 있는 밤하늘을 올려다보다가 벌떡 일어났다. 무인 택시를 부르고 나서 다시 바라본 하늘에는 별이 가득했다.

할머니는 하늘 구경하는 걸 좋아했다. 밤하늘을 특히 사랑했다. 할머니의 오랜 취미는 별자리 찾기였고, 어린 나를 안고 창밖의 어딘가를 자주 가리키곤 했다. 밤하늘을 읽으며 이야기를 들려주던 사람, 할머니는 그런 사람이었다.

"저기 별 세 개가 나란히 있지. 저게 바로 오리온자리다."

그땐 혼자서 별을 잇지 못했지만 지금의 나는 할머니 없이도 오리온자리를 찾을 수 있다. 그 별들이 겨울철에 잘 보이는 별이란 것을, 누군가 지구를 떠나더라도 조금도 영향 받지 않고 아름답게 빛난다는 것을 이제는 잘 알고 있다.

"할머니는 어두운 걸 좋아하는구나. 캄캄한 걸 좋아해."

오래전 지금보다 한참 어렸을 때 내가 한 말을 듣고 할머니는 웃으며 말했었다.

"그렇지, 우주는 어둡고 난 우주를 좋아하지. 까만 우주를 좋아하지. 은채도 좋아하니?"

"응!"

어둠에 익숙해져야 비로소 보이는 우주의 모든 빛을 좋아한다고 했으니 할머니는 어둠과 밝음을 골고루 좋아하는 사람이라고 할 수 있었다.

어둠이 얼마나 고마우냐, 할머니는 습관처럼 말하곤 했다. 얼마나 고마우냐, 어두워서 빛나는 것들이 있는데, 할머니가 했던 말이 전부 내 안에 남아 있다. 이제 과거를 귀하게 여길 수 있을 것 같다고. 이들뿐이던 과거였기에 사네사네 찾아온 엄마와 이모들이 각별히 반짝였다고, 외롭기만 했던 옛날이 이제는 좀 고마워진다고. 덜 미워진다고.

돌이켜 보면 마냥 캄캄하기만 한 시간은 아니었다고 말했는데 그게 도대체 무슨 뜻인지 이해할 수 없었던 나는 잠자코 있다가 전등을 가리켰었다.

"할머니, 그럼 우리 잠깐 불 끄고 있을까?"

"그러자, 달빛 아래 있어 보자."

그렇게 말하며 미소 짓던 할머니가 뒤이어 중얼거렸던 말이 뭐였더라. 아주 나중에 말이다, 은채야. 할머니는 먼 우주 밖으로 나가고 싶어. 그런 말을 했던가.

먼 우주를 좋아한 할머니는 나중에 우주장을 해 주면 좋겠다고 했다. 지구 밖에서 다시 태어나고 싶다는 말을 했던 것도 같다. 지구에서는 상상도 못 할 어두움과 빛이 존재하는 더 넓은 곳으로 여행을 떠나고 싶다고 할머니는 말했었다.

지구 바깥으로 나가 본 적 없으니 죽어서라도 꼭 한 번 그곳에 가 보고 싶다고 했고, 나는 그게 얼마나 길고 값비싼 여행인지 당시에는 알지 못했다. 그간 지구에서 견뎌 온 할머니의 영역이 너무 비좁았다는 사실도 그땐 미처 몰랐다.

할아버지 대신 가족을 책임졌던 할머니는 당장 오늘만 살기 바빴기 때문에 어제와 같은 오늘을 살 수밖에 없었을 거라고 엄마에게 전해 들은 적 있었다. 학업에의 열망이라든가 개인적인 꿈은 저만치 밀어 둔 채 가족을 책임지는 일은 아무리 시간이 지나도 어려운 일이니까 할머니가 우주장이라는 긴 여행을 떠나고 싶어 한 것도 무리는 아니다.

어쩌면 할머니는 꿀떡 같은 내가 태어났는데도 사랑을 믿지 않았던 것 같다. 꽤 오랫동안 냉동실처럼 모든 걸 얼려 버리는 차가운 마음이 할머니를 이루고 있었을지도 모른다.

할머니가 신뢰했던 사랑은 엄마와 이모들뿐이었을까. 아니면 그로부터 시간이 지나 찾아온 나와 손주들 역시 할머니의 사랑이었던 걸까. 할머니를 지구에 붙들어 두는 중력이라고는 딸들과 손주들뿐인 이 좁은 별에서, 할머니는 홀가분하게 벗어나고 싶었던 걸까. 그러니까 다른 종류의 사랑을 찾아서. 우주장이라는 일종의 여행 수단을 발판 삼아.

나는 한 발 한 발 신중하게 걸음을 내디뎠다. 풀벌레 우는 소리만 들릴 뿐 조용하기만 했다. 저 멀리 언덕 너머로 불빛이 보였다. 자세를 낮추고 살펴보니 무인 택시 한 대가 이쪽으로 달려오고 있었다.

무인 택시에 올라타자마자 주머니에 담긴 할머니를 만지작거렸다. 운전기사 없는 택시는 늦은 밤 어린 학생이 보호자 없이 돌아다니는 것을 걱정하지 않는다. 그러나 정해진 제도대로 홀로 택시를 부른 미성년자의 위치와 정보를 안전 귀가

시스템 명단에 올렸을 것이다.

나는 뒷좌석에 앉아 차창 너머를 바라보았다. 온통 어둠 뿐이다. 빛이 보이지 않는다. 밤이니까 당연했지만 왠지 조금 두려워졌다. 이제야 커다란 사고를 친 것이 실감 났다. 나 혼자서는 도저히 수습할 수 없는 잘못이었다.

엄마 아빠 두 분 다 엄청 화났겠지.

크게 혼날 미래를 상상해 보다가 고개를 저었다. 멀리 떠나고 싶어 하는 할머니를 지구에 묶어 두는 건 너무한 일이다. 사는 동안 엄마만큼 용감했던 할머니를 기리기 위해 나라도 끝까지 용기를 내야 한다.

구불거리는 산길을 한참 올라가던 택시가 소리 없이 멈춰 섰다. 나는 택시에서 도망치듯이 내렸다. 스산한 바람이 부는 밤의 천문대는 오가는 사람 없이 적막했다. 언젠가 할머니와 놀러 온 적 있는 작은 천문대였다.

천문대 주변의 산책로를 걸으며 눈으로 별빛을 좇았다. 할머니를 훔치고 나서 아직 하루도 지나지 않았는데 피곤했다. 춥고 배고프고 졸린 나머지 야외 망원경 아래 무릎을 웅크리고 앉았다.

이곳에서는 할머니의 우주장을 치를 수 없다는 걸 안다. 하지만 천문대 근처 장례식장에서 매주 수요일마다 우주장이 진행되고 있고, 그곳에 어떻게든 할머니를 데리고 가 볼 생각이었다. 경비가 삼엄할 테지만 아무런 시도도 하지 않고 포기

할 수는 없었다. 오늘 누구의 도움도 받지 않고 할머니를 빼냈듯이 어쩌면 몰래 들어가 우주장 대기 명단에 할머니를 등록해 낼 수 있을지도 모른다.

물론 최악의 경우도 생각해야 한다. 모든 방법이 통하지 않으면 장례 업체 관계자에게 눈물로 호소하여 할머니의 마지막을 부탁해 볼 수도 있겠다. 그거야말로 가장 피하고 싶은 일이지만.

별들 아래에서 눈꺼풀이 점점 무거워졌다. 눈을 감았다 뜰 때마다 할머니가 보였다. 할머니가 자주 입던 하늘색 셔츠와 갈색 카디건, 옥반지 같은 것들이 어른거린다. 몇 번이나 약을 갈아 끼우며 차던 빈티지 시계도, 귀밑까지 살짝 내려오는 은빛 머리카락도.

할머니를 무사히 보낼 수 있을까. 할머니의 소원대로 지구 바깥을 실컷 구경하다가 유성이 되어 빛을 내며 멀어질 수 있을까. 그렇게 해서 할머니를 홀가분히 떠나보낼 용기와 행운이 내게 있을까.

나는 하품을 하며 양손으로 눈을 비볐다. 할머니가 이 별에서의 일은 잊고 별이 되면 좋겠다고 바라는 동안 나도 모르게 잠이 들었다.

누군가 나를 부르는 것 같다. 멀리서 들려오던 목소리가 점점 가까워졌다. 얼마 지나지 않아 목소리의 주인이 누구인지 알아차릴 수 있었다.

할머니, 하고 중얼거리며 눈을 뜨자 로켓 위에 앉아 있는 할머니가 보였다.

"할머니! 어떻게 된 거야?"

놀라서 일어난 나에게 할머니가 가까이 오지 말라는 듯 고개를 저었다.

"이제 곧 갈 거다. 난 떠날 거야."

그렇게 말하는 할머니는 어쩐지 소풍을 떠나는 것처럼 설레 보였다. 아프기 전처럼 생기가 도는 얼굴이었다.

"어디로? 할머니 어디 가는데."

"우주로."

"정말? 지금?"

"그래. 너무 떨리네."

들뜬 할머니가 이를 드러내며 웃었다. 할머니와 내가 싸웠다는 사실을 잠깐이나마 잊을 만큼 환한 웃음이었다.

"잘 있어라, 은채야. 지구에서 고마웠다."

"할머니."

"여기까지 데려와 줘서 고맙다."

미안하다고, 그날 할머니를 울려서 너무 미안하다고 말해야 하는데 입을 열기가 어려웠다.

"괜찮다."

내 마음을 읽은 듯이 할머니가 말했다.

170

"다 잊었어."

하지만 나는 잊지 못했는데. 아직도 생생하게 미안한데 할머니는 정말 괜찮은 건가.

"할머니."

"오냐."

"잘됐다. 지구 밖으로 떠날 수 있어서."

"그럼. 태어나서 세 번째로 잘된 일이다. 좋은 일이야."

"세 번째?"

"첫 번째는 네 엄마랑 이모들을 만난 거."

거기까지 말한 할머니는 빙그레 미소 지었다. 두 번째로 좋은 일은 듣지 않아도 알 것 같았다.

"같이 요양원에 못 가서 미안하네."

할머니가 아쉬워하는 표정으로 중얼거렸다.

"은채 너랑 지내면 재밌었을 텐데."

"같이 보드게임도 하고."

"피자도 시켜 먹고 말이다."

할머니가 다시 생각해도 아쉽다며 혀를 찼다.

"어딜 가도 은채 너랑 있는 곳보단 못할 거다."

"당연하지."

"고맙다. 이제 가마."

마지막으로 인사를 나눈 할머니는 비로소 편안해 보였다. 드디어 할머니가 우주에 가는구나. 아주 긴 여행이 시작되는 거야. 나는 콩닥거리는 가슴을 한 손으로 누르며 할머니에게 메시지을 외쳤다.

— 5, 4, 3……

그리고 카운트다운이 시작되었다.

할머니가 나에게 손을 흔들었다. 그 손을 당장 잡고 싶었지만 꾹 참았다.

— 2.

잘 가, 할머니.

— 1.

하늘에서 항상 할머니를 찾을게.

발밑이 약간 흔들린다. 자동차 엔진 소리 같은 게 들렸고 할머니가 "안녕!" 하고는 바람을 일으키며 날아가 버렸다. 눈을 한 번 깜빡이자마자 지구 바깥으로 떠나 버렸다. 우리는 다시 한번 빠르게 이별했지만 나는 울지 않았다.

할머니는 몇 년 동안 푸른 지구를 돌다가 서서히 궤도 안으로 떨어질 것이다. 대기권으로 진입한 할머니의 일부는 별똥별이 될 것이다. 여기, 한국에서 하늘을 올려다봤을 때 어느 날 밤하늘을 긋는 별 하나로 보이겠지.

하지만 정해진 지구 궤도를 벗어난 할머니를 그려 본다. 별을 좋아하던 할머니가 별이 되어 까만 우주를 떠다니는 상상. 쉬지 않고 할머니만의 새로운 길을 만들며 나아가는 모습을 그려 보는 것만으로도 기분이 좋았다.

172

찾았어요, 은채 찾았어요!

여기 있을 줄 알았어. 어머니랑 자주 오던 데잖아.

하이고, 이 녀석. 어른들 놀라게 하고.

다친 데는 없어요? 은채야, 얘, 좀 일어나 봐!

주위가 소란스러웠지만 나는 꿈꾸는 걸 멈추지 않았다. 감은 눈 속에서 할머니가 떠난 푸른 하늘을 오랫동안 올려다보았다. 할머니가 마음껏 유영할 저 검은 우주를 영원히 기억하고 싶다고 생각했다.

안녕.

옅은 잠에서 깨지 않고 할머니를 끝까지 배웅할 때, 멀리서 어떤 별빛이 새로 반짝이기 시작했다.

작가의 말

지우개를 빌리고 싶은 당신께.
만나서 반갑습니다.

이 책에는 정말 많은 분들의 정성이 담겼고, 그것을 먼저
알리고 싶어 인사부터 남깁니다. 편집부 선생님들과 아름다운
그림으로 함께해 주신 최도은 작가님께 감사드립니다. 책이
나오기 전부터 그 이후까지의 여정을 같이 걸어 주시는 디자
인, 마케팅, 홍보, 인쇄 담당자 님들께도 멀리서 감사 인사를
전합니다.

지우개를 빌리고 또 빌려주고 싶은 분들이 계셔서, 계속 쓰
고 있습니다.

174

가까운 거리에서 마음을 나누는 일이 아무래도 어려워졌지만, 좋아하는 사람들과 좋은 날 늦지 않게 만나 좋은 시간을 보낼 수 있길 바랍니다.

그럼 다음에 또 뵙겠습니다.
고맙습니다.

2022년 여름
이필원

지우개 좀 빌려줘

2022년 8월 17일 1판 1쇄

지은이 이필원

편집 김태희 장슬기 윤설희 디자인 신종식
제작 박흥기 마케팅 이병규 양현범 이장열 홍보 조민희 강효원

인쇄 천일문화사 제책 J&D바인텍

펴낸이 강맑실
펴낸곳 (주)사계절출판사 등록 제406-2003-034호
주소 (우)10881 경기도 파주시 회동길 252
전화 031)955-8588, 8558 전송 마케팅부 031)955-8595 편집부 031)955-8596
홈페이지 www.sakyejul.net 전자우편 literature@sakyejul.com
블로그 blog.naver.com/skjmail 페이스북 facebook.com/sakyejul
트위터 twitter.com/sakyejul 인스타그램 instagram.com/sakyejul

© 이필원 2022

ISBN 979-11-6094-956-8 44810
ISBN 978-89-5828-473-4 (세트)